悉智入微

中国光大银行悉尼分行
微沙龙文集

《悉智入微》编写组 编著

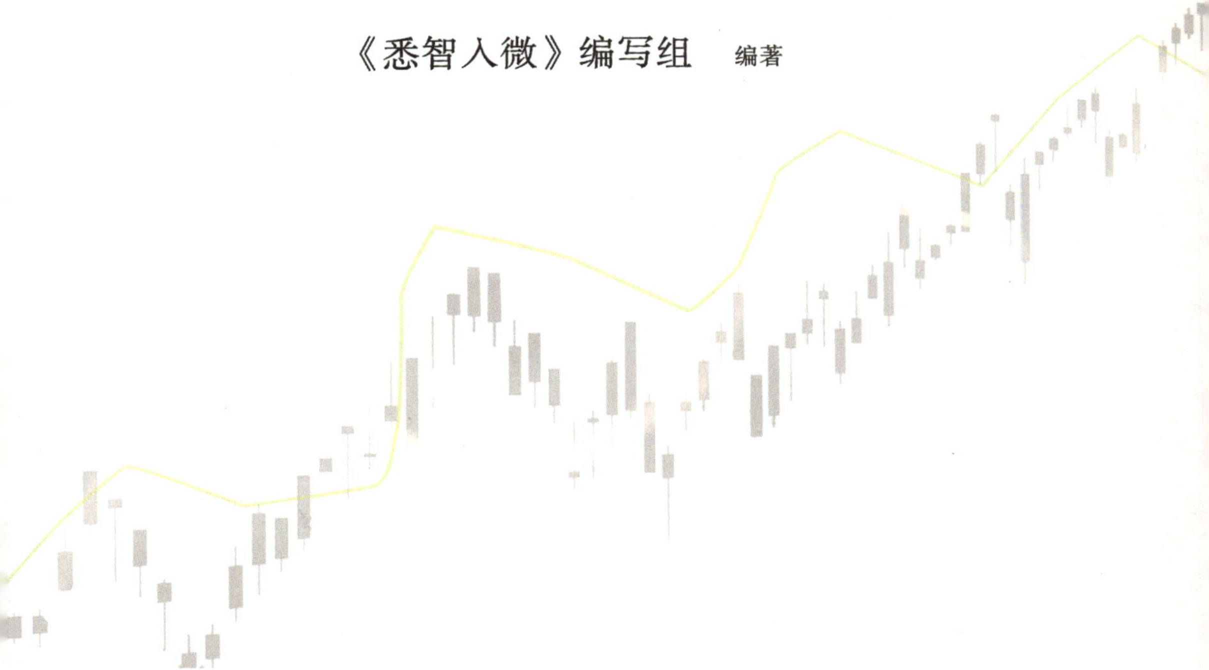

山东城市出版传媒集团·济南出版社

图书在版编目（CIP）数据

悉智入微：中国光大银行悉尼分行微沙龙文集 /《悉智入微》编写组编著. -- 济南：济南出版社, 2023.4
ISBN 978-7-5488-5645-0

Ⅰ. ①悉… Ⅱ. ①悉… Ⅲ. ①演讲—作品集—中国—当代 Ⅳ. ①I267

中国国家版本馆CIP数据核字（2023）第076830号

悉智入微——中国光大银行悉尼分行微沙龙文集

XIZHIRUWEI——ZHONGGUO GUANGDA YINHANG XINI FENHANG WEISHALONG WENJI

出 版 人　田俊林
图书策划　吴婷婷
责任编辑　陈玉凤　吴婷婷
装帧设计　曹晶晶
出版发行　济南出版社
地　　址　山东省济南市二环南路1号（250002）
印　　刷　济南鲁艺彩印有限公司
版　　次　2023年4月第1版
印　　次　2023年4月第1次印刷
成品尺寸　170mm × 240mm　16开
印　　张　15.25
字　　数　224千
定　　价　68.00

本书编写人员

于洪德　范华廷　潘　振　李　横　刘文鹏

（以下按姓氏笔画排序）

马雪侨　王　军　王小梦　王芋潼　毕荣荣

伍海陵　刘光杰　汤晶晶　安　猛　孙　威

李　丽　李　杰　李　佳　李　敏　李夏原

沈　昊　张　妍　张　鹏　张　潇　张晓宇

张琬愉　陈　洋　陈　磊　郑玉玺　郑梦桥

姜燕妮　黄靓靓　曹　琛　葛广东　蒋　曦

温志峰　解　飞　谭富兵　魏　涛

写在前面

中国光大银行悉尼分行自2019年2月25日开业以来，在总行党委坚强领导下，认真落实总行决策部署，主动践行国际化战略，牢牢把握“一带一路”和“中澳自由贸易协定”重要机遇，攻坚克难，拼搏进取，同舟共济，勇毅前行，着力提升与集团的战略连接度，努力提高对总行的综合贡献度，持续增强跨境、跨业、跨市场、跨时区的金融服务能力，精心打造“六个平台一个基地”（光大银行全球金融服务网络的南半球延伸平台、光大银行全行重点资源类客户的南半球营销平台、光大银行人民币跨境业务的南半球创新平台、光大银行全行外汇资金交易的全球首时区平台、光大银行“云生活”品牌和数字银行的南半球示范平台、光大银行“一流财富管理银行”战略实施的南半球协同平台、光大银行国际化人才培养的南半球基地）。几年来，各项业务全面展开，内控管理有序进行，队伍建设不断提升，阳光文化持续加强。悉尼分行连续多年超额完成了总行下达的各项工作任务，发展速度、盈利能力、资产质量创造了所有在澳中资同业的同期最高纪录，实现了量的合理增长和质的有效提升，取得了“对标同业、争先进位”的良好开局。

在聚焦开拓澳洲市场，致力于服务中澳企业的同时，悉尼分行十分注重企业文化建设，关爱员工的身心健康，用全球视野布局文化传播，以文化传播推进品牌建设，推动中华优秀传统文化与西方现代文明相融合，倾力打造“中西融合，相得益彰”的企业文化，传承发扬光大的“家园文化”“阳光文化”“崇商文化”和“担当文化”。2021年1月开始，全球疫情形势越来越严峻，澳大利亚政府不断提升疫情防控级别，封城、封国，社会活动全部停摆，所有人员居家办公，员工的日常生活和心理健康受到了很大的冲击。为有效应对疫情影响，保护员工的身心健康，在全体员工的积极响应下，悉尼分行推出了“光大悉尼微沙龙分享平台”，全体员工每周三晚上以在微信群分享音频的形式，交流学习体会，畅谈业务心得，分享各类知识。分享内容上至天文，下至地理，种类多样，丰富多彩，不仅涉及金融业务知识、职业发展，也涵盖天文、地理、历史、哲学，既有澳大利亚民俗掌故、各类金融热点问题，也有热门话题、前沿科技发展趋势等。微沙龙分享活动持续近9个月，已经成为悉尼分行员工之间碰撞思想火花、启迪人生智慧的重要平台，对员工开阔视野、拓宽知识面、深入了解澳大利亚本地市场起到了积极的推动作用，同时也缓解了员工的焦虑心理，释放了员工的心理压力，增进了员工之间的相互了解。

展现在您面前的这本书，收录了悉尼光大人在“光大悉尼微沙龙分享平台”分享的部分内容，既是中国光大银行悉尼分行企业文化建设的一个缩影，也是疫情时期一段值得纪念的回忆。

展望未来，中国光大银行悉尼分行将继续向阳而生，逐光前行！

中国光大，让生活更美好！

目　录

压实风险合规管理责任是国际化征程中的第一要务

于洪德

近年来，中国光大银行持续加强境外机构合规经营和风险管理，优化境外机构布局，国际化战略成效显著，海外机构布局走在了股份制银行的前列，得到了同业的较高评价。悉尼分行自 2019 年 2 月底开业以来，在总行党委正确领导下，认真贯彻落实总行决策部署，主动践行国际化战略，牢牢把握“一带一路”和“中澳自贸协定”战略机遇，立足当地，依托总行，着力提升跨境、跨业、跨市场、跨时区的金融服务能力，精心打造“六个平台一个基地”。

2020 年初，面对突如其来的疫情，悉尼分行“两手抓、抓落实”，克服了复杂多变的宏观形势和新冠疫情等诸多不确定因素的影响，各项业务稳健开展，内控管理有序进行，队伍建设不断提升，阳光文化持续加强，内比不唯预算，外比紧盯同业，聚焦高质量发展。根据同业交换数据，光大悉尼分行的资产规模和盈利能力全面超过早于我行开业的招商银行，而且 ROA（资产净利润率）、净利息收益率、在岸资产占比等多项指标在所有股份制和国有大行中居首位，同时资产规模也创造了所有在澳中资同业的同期最高纪录，实现“跑赢大市、优于同业”的良好开局，在南半球市场上较好地展示了光大特色、光大文化和光大效率，用实实在在的担当作为和硬核经营业绩凸显了总行顶层设计的成效和国际化战略的成果。以上成绩的取得，得益于总行党委的正确领导，得益于总行各部门专业高效的支持指导，得益于境内外各兄弟分行的通力合作，得益于分行全体中澳员工的同舟共济和拼搏进取。从悉尼分行经营层面而言，压实风险合规管理责任是践行国际化战略的第一要务。

一、严守合规，控好风险，才能确保国际化征程行稳致远

近年来，各个国家的金融监管越来越审慎严格。澳大利亚是目前全球广泛推崇的“双峰监管”模式的成功范例，与其他 OECD（经济合作与发展组织）国家相比，金融监管更加审慎严格。面对这样的外部监管环境，悉尼分行自筹备之初，即把严守合规底线、强化流程管理、夯实风险管理基础作为分行经营管理工作的重中之重。为此，分行持续优化完善分行制度体系建设，全面确立“合规优先、流程为本”的经营理念，不断压实制度执行和流程管控。一是以合规作为分行战略制定、策略实施的首要考虑因素并定期重检，从源头规划上保障分行经营不偏离战略轨道。二是持续完善优化“全面、全程、全员”风险管理体系建设，强化风险统筹一体化机制。三是警钟长鸣，风险提示、合规培训日常化。四是前、中、后台明确合规红线，遇到不合规问题，再好的业务机会也不叙作。合规风险管理确实占用了大量的人力资源和财务成本，但是也对分行的业务发展和内部运营，起到了很好的助推作用，发挥了溢出效应。

二、明确定位，突出特色，是践行国际化战略的内在要求

践行国际化战略必须把握历史方位，找准行业地位，明确市场定位，突出光大特色。悉尼分行自筹备伊始，就把践行国际化战略作为一切工作的总要求，结合澳洲经济金融环境和光大银行的自身实际，确立了打造“六个平台一个基地”的发展定位，即将悉尼分行精心打造成光大银行全球金融服务网络的南半球延伸平台、光大银行全行重点资源类客户的南半球营销平台、光大银行人民币跨境业务的南半球创新平台、光大银行全行外汇资金交易的全球首时区平台、光大银行“云生活”品牌和数字银行的南半球示范平台、光大银行“一流财富管理银行”战略的南半球协同平台、光大银行国际化人才培养的南半球基地。同时，悉尼分行按照“稳中求进、变中求机、进中求新”的工作要求，聚焦“打造一流财富管理银行”的战

略愿景，坚持战略引领对分行高质量发展的助推作用，充分发挥作为南半球唯一一家营业性机构的区位优势，加快战略布局，奋力践行国际化战略，在战略协同优化、客户联合营销、跨境协同服务、科技创新赋能、光大海外品牌、二级分行网点布局等方面进行了积极探索，扎实推进“六个平台一个基地”建设，努力将分行打造成为具有区域特色的高质量发展海外分行。

三、牢记使命，自觉履责，精心培养国际化领军人才

悉尼分行牢记“金融国家队”使命，主动履行社会责任，积极参与当地社区公益活动，展示光大银行自觉的社会责任意识和浓厚的人文情怀，用全球视野布局文化传播，以文化传播推进品牌建设，推动中华优秀传统文化与西方现代文明相融合，倾力打造具有中国光大特色和全球影响力的世界一流金融品牌。分行先后举办和参与了多项大型活动，如独家冠名2019澳大利亚国际华语诗歌春晚“光大梦想·诗和远方”；参加“悉尼年度大桥跑步节”，为残疾人募捐；与联合国儿童基金会共同举办艺术品拍卖公益活动，支持联合国基金会儿童公益项目；携手光银国际，共同为武汉军区总医院捐赠救护车；等等。悉尼分行在南半球较好地展示了光大形象，产生了良好社会反响，得到中国驻澳使领馆的高度评价。

在开展好业务的同时，悉尼分行认真落实总行领导的指示，把国际化人才培养当作一项重要工作来抓。科学规划，精心组织，多措并举，努力打造一支既了解光大企业文化又熟悉国际惯例，既信念坚定、业务精通又勇于创新、甘于奉献的复合型国际化领军人才，为光大银行国际化战略的实施输送宝贵的人力资源，发挥好国际化人才培养基地作用，助力集团和银行国际化战略实施。

悉尼分行将在集团和总行战略目标的引领下，保持“不忘初心、牢记使命，中流奋楫、争先进位”的战略定力，用新发展思维勇担国有金融控股企业使命，努力践行国际化战略，为打造“一流财富管理银行”做出更新、更大的贡献！

读《论语别裁》几点心得

范华廷

今天，我和大家分享一本书，南怀瑾先生著的《论语别裁》。这本书是我在大学期间接触到的，当时我还是大学三年级学生，正是困惑迷茫、对人生有所思考的时候，正好赶上几个同学弄了一批《论语别裁》，然后我就花 5 块钱买了一本。这算是改变我一生的一本书，我如饥似渴地读完了。

南怀瑾先生 1918 年出生于浙江温州乐清。中华人民共和国成立前，南先生就是一个苦苦求索的人，尤其是在国学方面。这个人很传奇，他家里是做小买卖的，但是很重视教育，让他读书。于是，南先生花了大概五六年的时间，成了小学排名倒数第一的肄业生。小学结束以后，爸爸找来一个国学大师教他。17 岁的时候，他去一个叫国术堂的地方学武术。学了一年国术之后，正好赶上卢沟桥事变，他就准备从军。他到了征兵处，教官一看，说："你这么小的个子，能干什么？"南先生说："别看我个子小，但是我可以教武术。"于是，他就成了一个教官。中华人民共和国成立以前，他一方面做公务人员，另一方面拜访名山大川，然后逐渐从佛教入手，对中国儒释道三家都有了很深的理解。

1949 年，南怀瑾先生去了台湾，也写了一本书，但是一册也没卖出去。他后来遇到一个人，是杜月笙的门徒。这个人一开始认为他是个江湖骗子，经过 6 年的时间，逐渐认同他，最后成为他重要的"供养者"。后来，蒋经国在台湾搞了一次国学复兴运动，他在那次运动中开始受到推崇，那次运动中的知名人物还有林语堂、钱穆等大学者。

到了 20 世纪 80 年代，南先生受邀在浙江那边投资了金温铁路，后来把铁路捐献给了国家。再后来，他积极地四处奔走，为祖国大陆和台湾之间达成"九二共识"做出了贡献。他还通过推广国学，在中国台湾、中国香港和美国一些地区，包括后来在中国大陆都提高了影响力。2006年之后，他定居在苏州附近，还在江苏省吴江区七都镇庙港的太浦河旁边开创了一个太湖大学堂。南怀瑾先生于2012年去世，享年95岁。

南先生的国学教育并不是咬文嚼字的，《论语别裁》其实也不是他写出来的，而是他人以他的讲课录音整理而成的。他也不去学校教，就在家里教。在国学这方面，他是有点孔子做派的。当然从他的经历来看，他也不是那种学究式的，有一点王阳明那种天人合一的味道。他对中国文化是非常自信的。大概在20世纪80年代左右，他就说了一句话："三十年前不懂英文走不动路，三十年后不懂中国文化吃不开。"

今天我想把这本书推荐给大家，如果你和这本书有缘，希望你也能够找时间读一读，得到一些启发。

我在这里和大家简单地分享一下这本书的几个点，虽然我对国学也是一知半解的，但是讲到这本书，我就和大家分享一下自己的体会。

第一点就是"仁"，单立人，一个二。在《论语》里，包括南先生讲解的"仁"，是孔子推崇的做人的最高境界，君子的行为。什么是"仁"？实际上这本书中也没有提供特别具体的定义。但是，就"仁"来说，有这么几点是可以加深理解的，一个是"仁者爱人"，道是人的体，人是道之用，也就是说在做人这方面，孔子的解释实际上有一点像佛家所说的成佛，也有点像道家所推崇的道。在《论语》里有一篇《里仁》，其中有很多孔子关于"仁"的说法。比如"朝闻道，夕死可矣"，就是说如果早晨能够懂得这些道理，那么即使晚上去世，也可以满足了。有人曾经问过孔子：就"仁"而言，你这些弟子里边谁是修为最好的？孔子随口说：像子贡这种是做宰相的材料，子路是可以统率三军的人物，冉有可以当一个千户大邑的总管。这些人是不是都是仁者呢？孔子说还不是，修为最好的是颜回。颜回是什么样的呢？孔子评价颜回说："一箪食，一瓢饮，在陋巷，人不堪其忧，回也不改其乐。"这是什么意思？就是说颜回只是拿一个小草筐弄点饭吃，拿一个瓢喝点水，住在简陋的巷子里面，别人都觉得这种状况令人担忧，但颜回还是自得其乐。可惜颜回这个最好的弟子，30 多岁就去世了。在孔子的弟子里面，还有谁境界比较高呢？就是后来的曾子——曾参。曾参和孔子有一段对话，这个我们讲第二点的时候再说。在孔子心目中，就“仁”这一点来说，他推崇的还是颜回和曾参，不管是名士还是名将，还是其他有仁德的人，都赶不上颜回和曾参。孔子自己在《里仁》里还有一句话：“德不孤，必有邻。”就是说，有德的人一定不会孤单，一定会有志同道合的人和他相伴。这句话实际上也是从另一个侧面反映出来，在孔子的心目中，一定会有这种能够和他比肩的人，这其实也是做人的最高境界和目标。

第二点，我想说一下“忠恕之道”。“忠”就是忠心的忠，“恕”就是宽恕的恕，忠恕之道就是前面提到的孔子和曾参的一段对话。在《里仁》一篇中，孔子有一次看到曾参，说：“参乎，吾道一以贯之。”曾参说：“唯。”这个“唯”，把周围的弟子都给弄糊涂了。孔子走了之后，大家问曾参是什么意思。曾参说：“夫子之道，忠恕而已矣。”曾子对周围人的回答实际上也是有点敷衍的，但其实他很清楚，这个“仁”也不是简单的一句话能解释的，一方面是为别人着想，把自己好的想法教给别人；另一方面就是推己及人，己所不欲勿施于人。忠恕之道也是“仁”这种概念的具体体现，这是我想和大家分享的第二点。

第三点就是“君君臣臣，父父子子”。这句话是齐景公问政于孔子的时候，孔子的答复。君要像君，臣要像臣，父亲要像父亲，儿子要像儿子，这句话实际上也就是说在当时的社会，肯定是出现了君不像君，臣不像臣，父不像父，子不像子这种现象。孔子所推崇的是在治理国家方面的一些规则，实际上这些也可以成为我们处事的规则。如果一个地方的领导很不像样，肯定会引起下属的反感。同样，如果父亲不着调，儿子做事情肯定也不靠谱。所以孔子强调的就是“各安其位”。

第四点想和大家分享的是“修身齐家治国平天下”。这句话出自《大学》，《大学》相传为曾子所作。这里提一下中国儒家经典的书籍——“四书五经”。四书包括《论语》《大学》《中庸》《孟子》。孔子传道给曾子，曾子传道给子思，子思是孔子的孙子，子思的门人又传道给孟子，是这样的传承关系。曾子在谈到人的境界和修养的时候，提出首先要提高个人修为，之后让自己的家庭变成一个比较好的世家，当然这个家庭应该是个大家庭。这里的好其实不单是指家境和地位，而主要是指家庭的教养。如果说家庭是一种安乐祥和的状态，你才有本事才能够理解怎样去治理一个国家。这里的国家在当时来说就是鲁国、齐国这样的，相当于我们现在一个省的这种规模。懂得了治理国家，你才能够平定天下，让天下太平。这里其实也是提出了一种修为的路径。

第五点，我想分享的就是中国的儒、释、道思想。儒家主张拿起，佛家主张放下，道家则主张顺其自然。三家思想经历了几千年的发展融合，成为中华传统文化的精髓，已经很难区分了。实际上，儒家所强调的对仁的推崇，佛家讲究的对佛法的修为，以及道家提倡的修行方式，都有相通之处，很难分得清哪是儒家，哪是佛家，哪又是道家。

第六点，我想分享一句话，就是“进则兼济天下，退则独善其身”。说白了，这是一个屁股决定脑袋的问题，当然也是中国古代士大夫所推崇的一种人生态度：如果用我，我就好好干，如果不用我，我也会活得很好。另外一层意思，就是人要知进退。古人都推崇什么样的人呢？像张良、诸葛亮、范仲淹、曾国藩这一类人，他们懂得进退。对像韩信这种不能善终的，曹操、赵匡胤这种篡权的，甚至包括明代的权臣张居正，大家略有微词。

第七点，我想和大家分享一个字——“定”。《大学》里有句话：“知止而后有定，定而后能静，静而后能安，安而后能虑，虑而后能得。”这句话对于儒家的修为、佛家的修为，以及道家的修为都是非常关键的，希望大家能够进一步去理解。

第八点是“知行合一”，这四个字常用来形容明代的王阳明。南先生的理解是，儒家学说虽然经过唐代韩愈的解释，以及宋代程朱理学的发展，但实际上都是片面的，而明代王阳明却实现了儒家文化的复兴。南先生追随的也是王阳明的思想，也就是说，知识和实践要更好地结合起来，要服务于社会，要在社会上有所成就，知识才没有白学，这就是知行合一。

第九点，我要和大家分享的是“人要进取有度”。儒家之所以能够成为帝王喜欢的哲学，我认为大家可以这样理解：儒家强调的是“君君臣臣父父子子”，不是说我干好了我就能当皇帝了。儒家出了很多有名的宰相和能臣，但是儒家不推崇推翻别人，自己做皇帝。在汉唐之后，特别是在宋、明、清这三朝，儒家都在官场上达到了很高的境界。儒家思想强调的是一种管理之道，是一种守业之道，它不是一种推翻别人的建国之道，或者创业之道。在这方面，我相信，随着社会的发展，儒家思想会更加受到推崇，我也希望儒家思想能够用来和全球华人沟通，甚至成为一种在对外交往方面广泛应用的哲学。

境外机构反洗钱管理架构及实际业务操作浅析

蒋 曦

自2016年以来，光大银行加快境外机构建设，积极布局海外。在国际政治金融形势日趋严峻、海外监管机构提高监管处罚力度的大背景下，总行及各海外分行充分重视反洗钱反恐怖的金融合规问题，出台各类反洗钱、反恐怖融资等相关管理办法及操作细则。悉尼分行作为境外机构，在遵循相关法律规定的前提下，充分参考总行及境外机构的相关反洗钱风险管理政策，始终坚持“合规优先，流程为本”的建行理念。不同国家和地区的具体监管条例及条款略有不同，本文仅基于泛亚太地区反洗钱业务实际操作过程中遇到的实际问题及境内外制度差异点进行浅要分析①。

一、基本框架

不同国家及地区虽然在反洗钱监管细节上略有不同，但整体框架主要基于国别风险识别、客户风险识别、产品风险识别以及行业风险识别四大部分。总行及境外分行在具体风险分类及风险识别过程中根据驻在国的法律法规要求稍有不同。

①本文主要参考文献如下:《中国光大银行金融产品洗钱风险评估管理办法》(2020版)、《中国光大银行境外机构反洗钱管理办法》(2020版)、《中国光大银行机构洗钱风险评估管理办法》(2020版)、《中国光大银行反洗钱信息管理办法》(2020版)、《中国光大银行反洗钱名单监控管理办法》(2020版)、《中国光大银行反洗钱操作细则》(2020版)、《中国光大银行反洗钱管理评价管理办法》(2020版)、《中国光大银行大额交易和可疑交易报告管理办法》(2020版)、《中国光大银行客户洗钱风险分类管理办法》(2020版)、《中国光大银行客户身份识别管理办法》(2020版); China Everbright Bank Co., Limited (CEB Sydney), Anti-Money Laundering and Counter-Terrorism Financing Policy, March 2020; China Everbright Bank Co. Ltd (CEB Sydney) Money Laundering and Terrorism Financing Risk Assessment, March 2020; China Everbright Bank Co. Limited (CEB Sydney) Anti-Money Laundering and Counter-Terrorism Financing Program, March 2020)。

第一，国别风险识别。各国在反洗钱实践过程中主要基于国际通用准则［例如金融行动特别工作组（FATF）等国际组织公布的洗钱和恐怖融资高风险国家、美国财政部海外资产控制办公室（The Office of Foreign Assets Control of the US Department of the Treasury， OFAC）列明的制裁国家］、自身国家政策考量（例如中国公安部等我国政府有关部门发布的恐怖活动组织及恐怖活动人员名单①）、税务透明度、国家腐败程度、政治风险程度、财政及公共制度透明度等因素将国家进行风险分类。悉尼分行反洗钱制度中国别风险界定主要引用及使用巴塞尔反洗钱指数（Basel AML Index）的方法，将各个国家以指数索引的方式（检索主要因素包含FATF 信息，联合国制裁名单，欧盟、美国及英国等发布的制裁名单，毒品犯罪指数，税务透明度，巴塞尔反洗钱指数，民主度及腐败印象指数等）进行打分，制定了《国别风险指引》（*Country Risk Table*）②，最终建立国别风险评价体系。其中伊朗、伊拉克、朝鲜等 28 个避免交易国家，津巴布韦等 4 个高风险国家，146 个中风险国家，58 个低风险国家。

第二，客户风险识别。客户风险识别过程中，主要考虑因素包括企业实际控制人、客户所属行业、客户主要经营国家、客户资金来源、客户股权结构等。在总行管理架构中，客户风险识别过程中需要对特定自然人进行身份识别，如外国政要及外国政要亲属及共同利益关系人，并在业务关系持续期间提高交易监测的频率和强度③。境外分行在实际业务操作过程中，遇到政治敏感人物时将客户风险调整为较高风险，增加监测频率和强度。例如在境外分行的实际业务操作中，对中国国有企业等对公客户进行反洗钱尽职调查，调查过程中发现该企业高管任国家或地方人大代表，

①《中国光大银行反洗钱名单监控管理办法》（2020 版），第 1 页。

②China Everbright Bank Co. Ltd （CEB Sydney）Money Laundering and Terrorism Financing Risk Assessment, March 2020, p.15.

③《中国光大银行客户身份识别管理办法》（2020 版），第一章第二十条，特定自然人身份识别。

则根据当地监管要求将该类董事或企业高管列为政治敏感人物（politically exposed person），并需要将该客户调整为较高风险级别客户，增加调查核实内容并增强监测频率。悉尼分行在客户风险评价体系中，在总行整体管理要求框架下，执行了更为严格的管理。客户如涉及政治敏感人物或所属行业涉及高风险行业（如赌博、现金交易及贵金属采矿等），将被调整为高风险客户。某些泛亚太地区境外分行在定义客户风险时，则是将外国政要或外国政治敏感人物作为调整客户风险级别的判断因素，此处的"外国"是基于当地监管机构为本国的假设。悉尼分行反洗钱制度管理中考量了国际惯例及自身监管要求，将当地及外国政治敏感人物[①]都纳入调整客户风险级别的判定因素，执行了更为严格的标准。

第三，产品风险识别。在反洗钱整体管理框架下，需要对产品进行风险分类。产品设计中涉及洗钱风险的因素主要包括产品复杂程度、与现金关联程度、是否支持非面对面交易、代理交易情况、跨境交易情况、是否能够用于支付或具有变现能力、是否有固定期限、产品申购门槛水平、客户特性、地域特性等[②]。同时，总行要求针对新产品和新业务进行洗钱风险评估。悉尼分行在实际业务中与总行产品风险识别方法基本保持一致，将现金交易类、贸易融资中涉及的复杂交易等列为高风险产品。

第四，行业风险识别。总行管理框架中明确对于军队、国家机关及实行预算管理的事业单位无须登记股东信息[③]。而境外分行面对军队或军工行业表现出了更为谨慎的态度，例如将该类客户设置为禁止进入或谨慎进入，调整风险级别为高风险客户等。同时，境外分行一般根据当地监管的

①China Everbright Bank Co. Ltd（CEB Sydney）Money Laundering and Terrorism Financing Risk Assessment, March 2020, p.12.

②《中国光大银行金融产品洗钱风险评估管理办法》（2020 版），第三章第八条，评估标准。

③《中国光大银行反洗钱操作细则》（2020 版），第一章，收集并登记客户超过 25%（含）以上股份或投资额的股东或投资人信息，包括姓名、身份证明文件种类、号码、有效期限、持股或投资比例或份额。对于国家机关、军队（含武警及其他部队）、实行预算管理的事业单位，无须登记股东信息。

管理要求，将赌博业、现金交易、石油及天然气、采矿及贵金属行业、船舶运输业等设置为高风险行业（各境外分行根据各国监管要求及当地银行业情况实践时略有不同）。

二、风险分类及重检要求

总行及境外分行在对客户进行风险分类及制定重检要求时，充分考虑了“因地制宜，差异化管理”的理念。

首先，总行将客户划分为高风险客户、较高风险客户、中风险客户、较低风险客户以及低风险客户五大类①，同时根据客户风险等级规定了详细的重检频率。

其次，因目前各海外分行不涉及零售客户，因此各海外分行根据当地实际情况一般将客户分为高风险、中风险、低风险三类。根据具体业务实践，各海外分行对三类客户的重检时间要求略有不同，但对于高风险客户的要求基本与总行一致，需要在 12 个月内进行重检。有些境外机构对中、低风险两类客户设置了相同的重检时间，而另外一些境外机构则根据当地监管惯例进行了不同级别的差异化管理实践。例如，悉尼分行根据当地惯例及监管要求，将客户风险等级分为高风险、中风险、低风险客户，高、中、低风险等级客户重检的时间也相应地为 1 年、2 年、3 年②。

表一：总行及悉尼分行客户风险分类对比表

总行	重检	悉尼分行	重检
高风险客户	≤ 6 个月	高风险客户	≤ 12 个月
较高风险客户	≤ 12 个月		
中风险客户	≤ 18 个月	中风险客户	≤ 24 个月

①《中国光大银行客户洗钱风险分类管理办法》(2020 版)，第三章第十一条，风险等级类别。

②China Everbright Bank Co. Limited （CEB Sydney）Anti-Money Laundering and Counter-Terrorism Financing Program, March 2020, p.18.

（续表）

总行	重检	悉尼分行	重检
较低风险客户	≤ 24 个月	低风险客户	≤ 36 个月
低风险客户	≤ 30 个月		

三、培训及内控

第一，培训机制。总行管理办法中对反洗钱的培训进行了具体规定[①]，各境外分行也按照当地及总行要求设立了相应的培训机制。悉尼分行在制定反洗钱制度时，针对培训进行了非常详细的规划。培训内容涉及反洗钱反恐金融主要定义、具体案例、相关法案等，每次线上培训学习后进行考试，正确率 80% 以上方可通过，平均每年培训 30—40 节课程。同时，对于不同级别的岗位员工进行差异化培训，如对高级管理层、合规部门专岗、各部门主管、前台部门工作人员、前台开户专岗、新入职员工等进行不同内容的培训[②]。

第二，可疑交易报告。总行管理体系中发现客户异常交易并上报可疑交易报告时，经总行法律合规部认定后报送中国反洗钱监测分析中心，凡在反洗钱系统中已确认为重点可疑时，需要同时报告人民银行当地分支机构和当地公安机关。可疑交易报告一般均需要报送至驻在国相关监管机构，例如澳大利亚银行业的可疑交易报告需要报送至澳大利亚交易分析与报告中心（AUSTRAC）。如有确认需报送可疑交易报告事项，须在 3 个工作日内报送；如遇到涉及恐怖主义金融问题，须在 24 小时内报送。

第三，信息保密及记录保存。总行对客户信息资料的保存有严格的管理措施。客户身份资料自业务关系结束当年或一次性交易记账当

①《中国光大银行反洗钱操作细则》（2020 版），第七章培训与宣传。

②China Everbright Bank Co. Limited （CEB Sydney）Anti-Money Laundering and Counter - Terrorism Financing Program, March 2020, p.9.

年计起至少保存 5 年，交易记录自交易记账当年计起至少保存 5 年，严格按照监管规定管理保存客户身份资料和交易记录，防止缺失、损毁[①]。境外机构的反洗钱管理制度多参考当地法规及要求对客户信息进行保密及记录保存，如某些亚洲国家对个人信息的收集及保存须遮挡身份证件号码以防止泄露个人信息。悉尼分行根据当地的监管要求，在收集客户个人信息时须向客户提供《隐私政策和个人信息收集声明》（*Privacy Policy and Personal Information Collection Statement*），提示客户我行遵守相关法律法规［如澳大利亚《隐私法》《隐私（信用报告）守则》《金融行业（数据收集）法》《国家消费者信用保护法》《银行法》《税收管理法》］保存、管理客户信息，并承诺对所持有的个人信息严格保密，向客户说明我行可能会向特定的机构（如澳大利亚境内监管机构、税务机构、信用报告机构等）提供客户信息[②]。悉尼分行根据当地监管要求，对分行反洗钱相关规定、客户身份信息等记录，须在交易或业务关系结束后至少保存 7 年[③]。

在国际形势日益复杂，国际反洗钱及反恐力度日益加大的背景下，合规经营是境外分行发展的基石。在集团及总行加快国际化发展步伐时，分行更应拥有国际化视野及格局，更应多了解当地监管政策。以上内容仅基于总行及境外分行反洗钱操作实践及制度细节进行了浅要分析，不足之处仍然很多，希望未来更深入了解境内外监管及制度细节，为我行海外布局中类似地区的反洗钱工作提供有参考价值的信息。

---

①《中国光大银行反洗钱操作细则》（2020 版），第三章客户洗钱风险分类，第三节客户信息资料保存和保密要求。

②China Everbright Bank Personal Information Collection Statement （PICS）5C, July 2020.

③China Everbright Bank Co. Limited （CEB Sydney）Anti-Money Laundering and Counter-Terrorism Financing Program, p.14 Record Retention.

黄靓靓

年味儿

春节是个团圆节，对中国人来说，“过年”二字承载着太多的内容。绵延至今的年俗，早就成为一种根深蒂固的文化，融入了人们的血脉。

我是东北人，来悉尼之前，我从来没有长时间离开过东北，出来以后才发现，东北是年味儿最重的地方。对很多地方的人来说，春节只有一天，但是东北的年却是足足要过上几个月的。

俗话说，过了腊八就是年。第一次微沙龙始于两周前，1 月 20 日，腊月初八，也就是说，我们微分享的第一天，东北就开启了过年模式。

“腊八粥喝几天，哩哩啦啦二十三。二十三，糖瓜粘；二十四，扫房子；二十五，做豆腐；二十六，炖锅肉；二十七，赶大集；二十八，把面发；二十九，蒸馒头；三十晚上熬一宿，除夕的饺子年年有。”我觉得，只有在东北，才有这种扑面而来的年味儿。腊八这一天要喝腊八粥。据说东北有“腊八腊八，冻掉下巴”的说法，只有软糯的腊八粥才能粘住下巴。

腊月二十三有吃糖瓜的风俗。其实进入腊月，东北的街面上就开始摆摊卖灶糖。糖摆在小车上，格尺长短，都冻得硬邦邦的，吃时要搏斗一番，才能咬下一块。灶糖可以一直吃到腊月二十三。从二十三开始，每一天做什么事情都是有讲究的。

腊月二十三也是祭祀灶神的日子。各地对灶神的称呼不同，比如灶王爷、灶君、司命菩萨、灶君司命等。各地灶神的形象也不同，东北的灶王爷是个红脸蛋、长胡子的小老头，有点像圣诞老人，很讨人喜欢，我们尊称他为一家之主。

灶王爷是个小神仙，为什么地位这么高呢？因为他一年三百六十五天，要有三百五十九天在民间待着。他干什么呢？挨家挨户巡视，看看谁做了坏事就记下来，当然做好事的也要记下来。记下来干什么？“年底跟你一起算总账！”到了腊月二十三这天晚上，灶王爷就拿着他的记事本，去天庭向玉皇大帝汇报。到了除夕接财神时，灶王爷才从天上回来。

祭灶这天，要做好吃的供奉灶王爷，这里面就有灶糖和黏米饭，好把灶王爷的嘴给粘上，免得他去天上“瞎说话”。传说，一旦你得罪了这位神仙，他就会专挑你做的错事禀告，然后玉皇大帝就会惩罚你。所以，人们都乞求灶王爷“上天言好事，下界保平安”。

东晋葛洪的《抱朴子》中说：“月晦之夜，灶神亦上天白人罪状。大者夺纪。纪者，三百日也。小者夺算。算者，一百日也。”大概意思就是：根据你的罪状，严重的要在寿命里减掉三百天，轻微的也要减掉一百天。这就是为什么要专门拿出一天祭祀灶王爷。

二十四，扫房子。民间把这天叫作“迎春日”，也叫“扫尘日”，是年终大扫除的日子。

春节前扫尘，是中国人素有的传统习惯。春节来临之前，家家户户都要清扫地面，清洗各种器具，拆洗被褥窗帘。大江南北，到处洋溢着欢欢喜喜搞卫生、干干净净迎新春的气氛。

据《吕氏春秋》记载，尧舜时代就有春节前扫尘的习俗。按照民间说法，尘土的尘与陈旧的陈谐音，年节扫尘既有驱除病疫、祈求新年安康的意思，也有除旧布新的含义，寄托了人们推陈出新、辞旧迎新、破旧立新的愿望和期盼，扫尘就是为了把一切“穷运”“晦气”统统扫出门去。

二十五，做豆腐。为什么过年要准备豆腐呢？豆腐谐音为“兜福”“多福”，寄托着来年生活幸福、吉祥有余的美好愿望，所以老百姓春节前都会在家中准备些豆腐，图一个好彩头。

二十六，炖锅肉。这一天要筹备过年的肉食，也就是“年肉”。从腊月二十六开始，丰盛的年夜饭就要陆续“出锅”了。对于旧时的穷苦人来说，炖一锅肉是一种奢侈的愿望，只有在过年的时候，这个愿望才有机会实现。炖猪肉，在过去香飘一胡同，现如今香满整栋楼，一锅炖肉便是人们心中最朴实的年夜饭。“年肉”讲究要吃红烧肉，肉本身就代表富裕，红烧肉则更能表示来年的日子红红火火、富裕十足。一碗热气腾腾、泛着肉香、油汪汪、红彤彤，端上来还颤颤巍巍的红烧肉，实在太诱人。现在，只要你想，每天都能吃上红烧肉，但在腊月二十六买猪肉，仍是许多人都没有忘记的老传统。

二十七，赶大集。腊月二十七，家家户户除了要宰杀自家养的家禽，还要赶集上店、集中采购。所谓的集，就是集市，有点像周末 Chatswood（悉尼华人聚居区）的步行街。赶集就是去集市买东西。在东北农村，腊月二十七是年前最后一个集，铺子里的东西要尽可能在这一天卖完，否则就只能到来年正月初六以后再卖。与平日里买生活必需品的集相比，腊月二十七这一天主要是买年节物品，比如鞭炮、春联、香烛、赠送小孩子的各种玩具礼品等。这一天，各地的集市都十分红火热闹。整个市场熙熙攘攘，远远望去，到处都是红彤彤的颜色，非常有过节的氛围。

二十八把面发，打糕蒸馍贴花花。腊月二十六、二十七准备了过年要吃的肉类，到了二十八，就要准备过年要吃的主食。过去没有冰箱，过早发面容易变质，于是家家户户都在二十八这天发面。

另外，腊月二十八还要“贴花花”，也就是贴年画、春联和窗花。贴春联的习俗源于古代的“桃符”。古人以桃木为辟邪之木，五代时，后蜀的君主孟昶喜欢文学，每年都命人在桃符上写一些吉祥话，成为后世春联的起源，他题写在桃符上的“新年纳余庆，嘉节号长春”成为中国历史上有记载的第一副“春联”。后来，纸质春联代替了桃符。我小时候，特别喜欢看别人家门上的春联，很多人家的春联上都写着：“天增岁月人增寿，春满乾坤福满门。”这副对联被我们光大银行的同事 Wayne 改编成“谨慎出行人增寿，口罩齐戴福满门”，在疫情期间也蛮有喜感。

二十九，蒸馒头。二十八发好了面，二十九就要开始蒸馒头了，小时候姥姥还会在这一天给我炸麻花吃。在整个年节中，二十九可以说是最忙碌的一天，除了蒸馒头、去打酒、洗脚手，筹备年节中的各种衣食祭品外，还有一项非常重要的活动“上坟请祖”。

春节是大节，上坟请祖仪式也就格外郑重。东汉的尚书崔实，曾经写过一本专门记载农事活动的书——《四民月令》。书中记载道：“正月之朔是为正月，乃室家尊卑，无大无小，以次列于先祖之前，子妇曾孙各上椒酒于家长，称觞举寿，欣欣如也。”这说明，早在东汉时期，祭祖就已经是春节中一项十分重要的活动。在我小时候，我姥爷还会请出家谱，恭恭敬敬地供奉。

一切准备就绪，就到了中国人一年中最重要的日子——大年三十。

每到大年三十这一天，人们都会强烈地感受到四个字：除旧迎新。不管即将过去的这一年有多少喜悦、欢乐、遗憾和痛苦，此刻都已经抛在身后，我们面对的是驾驭春风而来的新的一年。

过去的一岁是已知的、既定的、不可更改的；新来的一年是崭新的、令人期待的、难以预料的。所以，这一天人们总是小心翼翼，有很多禁忌，也有很多说法：三十碎了碗，是“岁岁平安”；三十忘了关水龙头，是“春节长流水”；把“福”字贴反，是“福到了”；过去镇压邪祟的元宝，到今天演变成了压岁钱……有趣的说法，数不胜数。

春节，原本是大自然冬去春来的季节性的变换点，被人们注入了一种人文精神。这种精神带着目标，藏着理想，透着浪漫。在靠天吃饭的农耕社会，人们生活不富裕，平时的吃穿用度要俭省，到了年三十，一定要“新衣新鞋大鱼大肉”；平时没花戴，年三十就一定要扎上“二尺红头绳”；平时一家人你在天涯我在海角，年三十就一定要赶回家过团圆年。似乎平常所有的不可能，都在过年这一天梦想成真了。

年文化不是哪天一下子建立起来的。它历经数千年的创造、选择、约定和强化而形成。五彩缤纷的节日包装、铺天盖地的吉祥图案、洋溢四周的鞭炮声响，还有拜年的吉祥话，占据了我们的感官，一直渗透进我们的心灵。由此，我们懂得，真正的文化不是用金钱造势的文化节，而是浸入了人的心灵和血液。如果不信，可以去看看中国独有的春运，除了过年，谁能调动起如此阵势的“千军万马”？每到这个时候，我都会被深深地触动，会更深刻地感受到年文化永恒地潜藏在我们的血液里，每年“发作”一次。

年是故乡、热土，是父母、家园，是血缘、根脉。

年更是团圆，是激情，是温馨，是和谐，是富足。

《江城》心语

刘文鹏

1996年夏天，一个来自美国密苏里州的年轻人，乘坐一艘长江客轮抵达位于中国西南腹地的涪陵，从此旅居中国长达10年，同时掀开了自己非虚构写作新的一页。

他后来这样记下了那一天：

> 我是从重庆乘慢船顺江而下来到涪陵的。那是1996年8月底，一个温热而清朗的夜晚——长江上空星斗闪烁，漆黑的水面却映不出微弱的点点星光。学校派来的小车载着我们，以码头为起点，蜿蜒行进在窄小的街道上。星光下，这座城市不断向后掠去，显得陌生而又迷离。

写下这段优美文字的年轻人叫Peter Hessler，他还有一个普通得不能再普通的中文名字——何伟。那一年，何伟27岁，在涪陵师专做英语外教。

在这之前的几年，何伟在牛津大学学习文学。再往前几年，他在普林斯顿大学师从当代美国最著名的非虚构写作代表人物——John McPhee，学习非虚构写作。

何伟的梦想曾经是成为像海明威那样的小说家，在初到涪陵的头几个月，他还想完成这个梦想。学校给他安排的公寓在一座高高的山坡上，打开窗户，到处都是山，对面是涪陵主城区，清澈的乌江从脚下流过，在视线的尽头汇入滚滚长江。在这个公寓里，何伟完成了一篇短篇小说，故事的背景是他远在美国的家乡——密苏里州，他自认为这篇小说写得还算不错，但总是觉得有些不对劲，他说：“文章写完后，我就想：既然我此刻正生活在长江边这个叫人啧啧称奇的地方，为什么还要去写有关密苏里的虚构故事？于是，我一下子就意识到，我未来写作的很大一部分内容应该就在中国。”

事实正是如此，何伟在后来写下了他的“中国三部曲”，也就是《江城》《甲骨》和《寻路中国》。此外，他还为《纽约客》《国家地理》《华尔街日报》等媒体撰写了大量的以中国为背景的文章，这些文章都被收录进了他的文集《奇石》。

“中国三部曲”中，《寻路中国》最晚写就，但最早在中国和读者见面，社会反响也最大，在2011年出版后迅速成为年度畅销书，何伟也成为因书写中国而知名的非虚构作家，《华尔街日报》称赞他是“关注现代中国的最具思想性的西方作家之一”。

他的成功不是偶然，而是借上了一股强劲的东风。2010年，人民文学出版社开启了非虚构写作计划，自此，非虚构写作在中国开始受到瞩目，背后的原因，自然是经济得到长足发展后，人们开始反思当下和过去，着眼于身边的问题，无论是发生过的，还是正在发生的、即将发生甚至终将发生的。何伟就是在这样的思潮中乘着潮流而来，他的写作，启发了一大批非虚构写作者。时至今日，人们在讨论中国的非虚构写作时，也常常会提起何伟的名字，也会参考，甚至模仿何伟的视角，重新讨论中国20年来的发展和变化。

“中国三部曲”中还有一本思考中国文化的《甲骨》，但最早面世的是今天我想要分享的《江城》。

在《江城》的封面上，推荐者写道：如果你只能读一本关于中国的书，那就读这本书吧。

为什么写《江城》呢？何伟在中文版的序言里面这样写道：

从地理和历史上看，涪陵都位于江河的中游，所以人们有时很难看清她从何而来，又去往何处。但那个城市和那里的人们总是满怀着生命的激情和希望，这最终成为我的写作主题。这与其说是对源流或归宿的探究，不如说是对我在大江中流所度过的两年光阴的记录和写照。

是的，何伟是在记录。豆瓣上有一位毒舌的读者，评论这本书只是平淡的“生活记录”。但是，著名汉学家史景迁评价何伟的作品是“平静而充满自信”，以绝妙的语调和姿态赋予他所描绘的时刻以生命。他笔下的人物鲜活而极具个性，景物则细腻又不流于堆砌，事件则曲折有趣，让人不忍罢读。

让我们从他笔下的人物说起。

与喜欢聚焦北上广深的外国媒体不同，何伟更喜欢描写那些从小地方来的普通人，他说：

> 那个时候，外国人一般对中国的内陆地区视而不见，而记者对来自乡下的人们也总是视若无睹——老以为这些人头脑简单，兜里没钱。不过，我认识的所有人——我的学生们、我的同事们、经营餐馆的朋友们，以及我的一个汉语辅导教师——几乎都有那种农村背景。这些人的生活复杂多样，丰富多彩，我因此觉得，他们长期被外界忽视，是一个错误。

是的，何伟就是从这样一个简单的目的开始，让中国的普通人，被外界看到。对于那些站在舞台中央的大人物，何伟总是忽视的，甚至是回避的。在描写普通人的生活时，他会主动创造一种介于传统和当下之间的张力，将人物放在或时间，或空间，或两者交叉的轴线上进行刻画。他写他的同事，写他的学生，写他的汉语老师，写打工仔，写小面馆的老板，写天主堂的神父，写弯着腰插秧的农民，写打门球的退休职工，写和他吵架的擦鞋匠，写因为打架被押上公审大会的村民，写总是冲着他喊“哈罗哈罗”的数不清的路人。这些我们在生活中熟视无睹的路人，都在他的笔下有了鲜活的生命。他始终对“人”，怀有一种深切的体察。

在他描写的普通人里，最让人动容的，无疑是在重庆地区最常见的城市苦力——“棒棒”。

> 在涪陵——在川东所有的江边小镇，人们把这种搬运工称为“棒棒军”——手持竹棒的劳务大军。他们穿着统一的服装（中国农民常穿的那种简朴的蓝色服装），带着谋生的家伙（一截竹棒，几圈廉价的绳子），喜欢成群、成队、成营地聚在一起。和一个棒棒军砍价就等于在和一个

团的棒棒军砍价。即使没有你死我活的竞争，他们的活计也已经够艰辛了，所以他们经常相互照应；他们没有正式的联盟，但艰苦劳动结成的非正式的联合体使他们之间的关系更加紧密。中午时分，人们大都休息了。但在城中央的一些街道上，到处都可以看到棒棒军，他们就坐在那截竹棒上，抽烟，聊天，玩扑克；他们空下来时的样子，与其说是放松，不如更像是在战斗间隙稍作休息。他们大多是农民，在涪陵周围的山乡里有土地。他们把老婆或兄弟留在家里操持农活，自己来到码头上碰碰挣钱的运气。通常，在冬天，棒棒军的队伍尤其庞大，因为这是乡下的农闲时节。但像他们这样的人其实哪儿都不缺，不声不响，无处不在，有点诡异。他们三五成群地站在卖彩电的商店门前，目不转睛地盯着一大墙电视屏幕。若是碰上老外坐在街边小摊吃东西，立马就会有十来个棒棒军围拢过来看个究竟。要是码头上哪儿在吵架，他们也会围过去，穿着蓝布衣服，手里拄着竹棒，听得津津有味。偶尔，有个小小的杂耍团停在涪陵。他们在河边的平地上支起帐篷，门口摆上些差不多一丝不挂的舞女的照片，算是广告。这时，准会有一支“掉队”的棒棒军团目不斜视地盯着那顶大帐篷。如果没有一群棒棒军来围观，那交通事故也就不算是真正的交通事故。他们是一群悄无声息的人——有时即使是最惨不忍睹的事故，也唤不起他们开口的欲望——他们也不出面干预。他们只是在看。

何伟笔下的普通人，并不是一个个孤立的形象。如果他有机会，会和某人进行一次深谈，或者进行一场极为专注的聆听，挖掘出眼前这个人背后的故事。他喜欢把他的写作对象，放在一个更宏大的时代背景下去描画。他写了父亲远走台湾、母亲饿死、一直挂念着从未谋面的弟弟的沉默寡言的徐先生；写了曾经梦想去罗马进修却在涪陵服务了半个世纪的嗓音沙哑的李神甫；写了长年和他保持距离，但在邓小平逝世后罕见地向他敞开心扉的眼含热泪的刘老师。某种程度上，何伟写下了绵长的时间长河里，不可言说的悲伤。

和想象中不同，何伟笔下的涪陵，并不是一个山水秀美的地方，只是大江边上一个煤灰满天飞、交通状况极其糟糕、街道建筑杂乱无章的城镇。城里的居民抽宏声香烟，没怎么见过世面，大多也没有出去见世面的动机、勇气或者资本。这难免让人有些疑惑：这样一个平淡无奇的地方，在中国少说也有几百上千个，为什么何伟会把它写下来呢？

原因就在于真实：

涪陵是一条腿的城市——棒棒军青筋毕现的腿，老人们佝偻如弓的腿，年轻小姐们细如柳枝的腿。爬坡上坎，你得留神的是脚下的石阶；低下头，你就能看见走在前面的一双腿。在涪陵，逛了一上午的商店而没有抬头看一眼那些建筑，不但可能，而且是件十分平常的事情。这城市全是石阶和腿。这里的很多建筑不值一看。沿乌江岸边仍旧保留着一片老城区，里面有青瓦盖顶的古代砖木建筑。但这个地区的面积不断缩小，正逐渐为已经主宰这座城市的毫无特色的现代建筑所取代。有几座七八层的高楼，但它们像中国许许多多的新式建筑物一样，用廉价的蓝玻璃白瓷砖砌墙。在涪陵，即使修了一幢漂亮的新楼，也会很快被那一道道灰色的尘土盖个底朝天。这座城市与她所在的土地大不相同，差别在于，除了一小片老城区，毫无历史感。到四川的乡下游玩就是去感受历史，去感受那些通过劳动改造大地的岁月，去感受人类世世代代以来和土地相互较劲的过程。但是，四川的城市总是让人找不到时间感。它们的外壳太脏，看不出时新的样子；格调一致，十分丑陋，看不出岁月的痕迹。涪陵的楼房大多看上去像是十年前扔在那儿似的，而事实上，这个地方的城市已经有三千多年的历史了……像中国任何一个城市一样，这里的建筑的发展步伐掩埋了历史的遗迹。它们的目的仅仅是容纳人口，容纳天天在这里爬坡上坎、搏击车流、干活糊口、买进卖出的二十多万人。

想必你也能感觉得到，何伟不是画家，面对眼前的风景，挥舞着画笔，增、删、修、补，决定什么能留在画布上，什么应该被驱逐出去。他更像一个人文纪实摄影记者，用快门抓取了取景框里的一切，大的，小的，好看的，不好看的，突出的，不易察觉的……每一个轮廓，每一处细节，何伟都给予它们同样的关照。他不会因为追求艺术的美感，略去什么，反而会从时间的线索上进行长曝光处理，为笔下的人物和事物加上时间的维度，去思考他或它为什么是现在这个样子，或是思考他或它的未来是怎样的。这种思考，来自他作为外来者的旁观视角，也源于他融入当地，把涪陵当作“家”来看待的故乡人的视角。这两种视角的叠加，建构了一种独特的“既融入，又抽离；既共存，又不同”的独特观感。正如他在英文版的序中写的：

> 有时候，我是观察者。而有时，我会在很大程度上融入当地生活，正是这种距离感和亲密感的组合，打磨出了我在四川的两年。

他的初衷是近距离观察中国人的生活，他的方法是全身心地融入涪陵人的圈子。两年里，江水在不断上涨，街道越来越拥挤，学生们毕业了，有人不幸死去，许多人从乡下来到这座小城，同样多的人走出涪陵。这其中就包括何伟。

总是习惯于思考别人的过去和未来的何伟，在这个平凡的江岸小城留下一个鲜明的印记后，也要告别这座位于江河中流的中转站，走向他更大的关注所在——整个中国。就像他在中文版的序中说的，涪陵成为他的主题，也把他变成了“何伟”。

> 有时候，我称涪陵是我在中国的“老家”——我想，这其中固然有玩笑的成分，但更多时候我是认真的。涪陵是我开始认识中国的地方，也是让我成为一个作家的地方。在那里的两年生活经历是一种重生：它把我变成了一个全新的人。

1998年6月末的一个早晨，天气温暖，下着蒙蒙细雨，江面上浓雾弥漫，何伟即将乘船离开涪陵。和来的时候不同，这一次，他乘坐的是一种叫“水翼飞船”的快船。溯江而上，扬起一路水花，去往重庆，去往一个更大的中国。他接下来的几部作品，无论是《甲骨》《寻路中国》还是《奇石》，都有更深刻的现实意义，但是他在最近的一次访谈中说道：“在我看来，每本书都有我喜欢的地方，对我而言他们是完全不同的生活经历。我很感激自己在那段时间来到了中国，我也很高兴每一本书都是完全不同的项目，其中《江城》是个人情感最浓烈的一本，因为这是我第一次来到中国的一段经历，我自己的经历对这本书来说至关重要。”

让我用《江城》的结尾，为今天的分享画上句号。谢谢大家！

> 飞船驶出了港口。学生们仍旧站在码头上。在他们的身后，灰蒙蒙的城市拔地而起，在迷雾中看起来脏乱不堪。跟以往一样，我在江上总是以外人的眼光来看涪陵：宏伟、冷淡、难以理解。难以置信，这个地方两年来竟是我的家。我不知道，什么时候还能再见到她，她又会经历怎样的变化。飞船迎着水流，驶向了长江的江心。这条江河一如往常。它跟这里的人不一样，在两年的时间里，这里的人在我的眼里发生了巨大的变化，他们现在即将各奔东西，踏上未知的前途，尽管他们已经凝固在我的脑海，被一连串的回忆定格——包抄手、上课、在码头面无表情地站立着。但外面的江水大不一样，我跟长江之间的关系一直非常简单：我有时候顺水而下，有时候又会逆水而上。逆水较慢，顺水较快。一切的一切，莫过于此——我们在路上交错而过，然后又继续各奔东西。我终于不再担忧未来或者过去，我于是看了这座城市最后一眼。建筑物灰蒙蒙的。由于夏季洪水的到来，乌江江口的江面变得宽大起来。一艘小舢板在靠近岸边的水面上小心翼翼地行驶着。插旗山隐藏到了迷雾中。我们的飞船加了速，迎着江流逆水驶了过去。

关于流动性覆盖率 LCR 的一些思考

毕荣荣

我和大家分享的话题是流动性覆盖率（Liquidity Coverage Ratio，简称 LCR）。

一、LCR 起源

我们都知道，银行是从事资金融通的金融机构，当其资金来源和运用期限严重不匹配时就会形成流动性问题，其中依赖批发融资的投资银行尤其容易受到影响。比如，2008 年雷曼兄弟银行短期借款占总负债的比例高达 65%，它的破产迅速产生多米诺骨牌效应，全球多家银行遭遇流动性危机，最终引发国际金融危机。

国际金融危机的发生让各国监管当局意识到金融机构流动性风险监管的重要性。在面临流动性压力的情景下，应当确保单个银行持有的可变现的合格优质流动性资产保持在一个合理的水平，防范银行出现短期流动性危机。

为此，巴塞尔委员会于 2010 年 9 月发布《巴塞尔协议Ⅲ》，首次将流动性风险监管提升到与资本监管同等重要的位置。《巴塞尔协议Ⅲ》中的《流动性风险计量、标准和检测的国际框架》建立了统一的国际监管标准，设定了流动性监管的两个量化指标，一个是短期监管指标就是我今天要分享的 LCR，另一个是长期监管指标——净稳定融资比率（Net Stable Funding Ratio，简称 NSFR）。

LCR 旨在确保商业银行具有充足的 HQLA（合格优质流动性资产），能够在银行监管机构规定的流动性压力情景下，通过变现这些资产满足未来至少 30 天的流动性需求。作为 LCR 的补充，净稳定融资比率主要引导银行减少资金运用与资金来源的期限错配，增加长期稳定资金来源，从而满足各类表内外业务对稳定资金的需求。

澳大利亚作为首批实施巴塞尔协议监管的国家，于 2014 年 11 月审定了最终版的 *Australia Prudential Standard APS210:Liquidity*（以下简称 APS210），并于 2015 年 1 月 1 日开始正式实施 LCR。

二、什么是 LCR

就监管目标而言，LCR 重在强化对银行短期流动性风险状况的监控，要求银行具备充足的 HQLA，来应对短期流动性风险。LCR 背后的假设是，银行或监管当局在 30 天内应当已经采取适当的措施来解决问题。对于澳大利亚当地的存款机构来说，LCR 必须要达到 100%，而对于在澳大利亚的外资存款机构，LCR 必须满足 40% 的比例要求。

LCR 的计算公式为：LCR=HQLA/ 未来 30 天现金净流出量。这里需要弄清楚两个概念：

一是 HQLA。HQLA 是指在 LCR 所设定的压力情景下，能够通过出售或抵押方式，在无损失或极小损失的情况下在金融市场快速变现的各类资产。HQLA 由一级资产和二级资产构成，其中一级资产主要包括现金，存放在央行的资金，风险权重为零的国债，州政府、超主权国债等债券。二级资产由 2A 资产和 2B 资产构成。在比重上，一级资产没有限制，二级资产的总额占比不能超过总 HQLA 的 40%，2B 级资产占比不能超过总 HQLA 的 15%。各个国家对 HQLA 的要求也有不同，具体要看监管机构的具体要求。

二是未来 30 天现金净流出量。未来 30 天现金净流出量是指在特定的压力情景下，未来 30 天的预期现金流出总量与预期现金流入总量的差额。根据监管规定，预期现金流入总量不得超过预期现金流出总量的 75%。

现金流出包括零售存款流失、无抵（质）押批发融资、无抵（质）押债券发行、抵（质）押融资、衍生品交易、承诺性贷款等项目。每个项目又按照不同维度进行分类，例如无抵(质)押批发融资就包括5大项33小项。

现金流入包括抵（质）押借贷，包括逆回购和借入债券；来自不同交易对手的其他现金流入；来自母行的流动性便利；衍生品现金流入等。

对于不同类型的现金流出与流入，根据压力情景条件采取不同的折算系数。总体来看，从存款角度，流出折算率由低至高排序为零售存款、中小企业存款、有业务关系的运营存款（清算、托管等）、无业务关系的金融机构存款。

三、LCR实施对存款机构的影响

LCR实施对存款机构主要有两方面的影响：

一是LCR的实施将降低存款机构的盈利能力。为了确保LCR达到监管要求，根据前面提到的公式，要么做大分子，要么做小分母，或者两者同时调整，但幅度有所不同。做大分子就是存款机构增加HQLA的持有量，从资产总量不变的角度来看，增加低收益的HQLA意味着有效资产的缩水，这样就会降低存款机构资产收益。做小分母就需要减少未来30天现金净流出量，即拆入更长期限的资金或者吸收稳定的客户存款，这都将提高负债成本。归根到底，以上两点都会影响银行的盈利能力和竞争能力。因此存款机构将面临流动性风险管理和整体盈利的两难选择，不得不在资产负债配置和盈利模式上进行变革，寻找新的利润增长点。

二是LCR的实施对存款机构的资产负债管理提出了更高的要求。LCR的计算涉及所有的资产负债项目，范围上涵盖了所有表内外业务品种，管理方式也是逐日监测，需要更加精细化的管理。这就要求银行对所有的资产负债项目区分不同的币种、业务类型、交易对手、金额等，多维度进行计量、规划、监测。由于不同产品的流出流入在LCR计算中的折算率不同，因此如何摆布资产负债的规模期限也对存款机构提出了挑战。

四、如何确保 LCR 达标

一是高度重视 LCR 这个指标。LCR 是 APRA（澳大利亚审慎监管局）对在澳外资存款机构流动性监管最重要的一个核心指标。监管要求有一道防线和二道防线。前台部门负责 LCR 的计算及预测，通常会在一定的情景假设下，预测未来 30 天的 LCR，确保每日的 LCR 达标。中台部门负责 LCR 的监控管理以及监管报表报送。前台和中台计算预测要保持独立，一致目标是确保存款机构的 LCR 达标。

二是逐层分解，将指标嵌套到业务流程中。一是提高头寸预报机制，这样就可以充分考虑大额出款对 LCR 的影响，提前做好准备。二是资金部需要前瞻性地做好 LCR 预测。举一个例子，如果保持 HQLA 不变，也就是说每 30 天总的负债金额要保持在一定的范围内，一个简单的做法就是将每个工作日到期的负债金额固定在一个区间。三是申请总部流动性额度支持，提高现金流入。根据 APS210 定义，在澳外资存款机构总部承诺的有具体金额的流动性支持额度可以作为现金流入，但是这个金额不能超过总现金流出总量的 20%。

三是依靠技术支撑来实现。APRA 的 LCR 报表有 330 行，单是计算每日 LCR, 就需要将错综复杂的资产负债项目及折算率等因素考虑进来，如果仅靠手工或者 EXCEL 表格，很难实现。完善有效的模型可以有效地解决这个问题，既能计算上一日也能基于一定的假设条件对未来进行预测。模型预测的未来 30 天 LCR 还需要综合考虑全行的资产负债结构、公式中每个变量的影响以及特殊时点的影响。同时还需要积累经验，优化模型，通过模型预测基本保证 LCR 在一条波动幅度比较小的曲线上。

漫谈秦王、秦臣与秦事

张妍

今天分享的主题是“漫谈秦王、秦臣与秦事”，我会以君王、贤臣与政绩的故事组合，为大家串起秦国的称霸之路。

提起秦国，大家耳熟能详的自然是秦始皇——嬴政，有谁知道秦国的开国君主是谁呢？他又是如何被分封建国的呢？

这个人就是秦非子，生活在周孝王时代（公元前900年—前858年），善于养马。秦非子是上古部族首领颛顼的后裔，他的先祖叫伯益，因辅佐舜帝驯服众多鸟兽，得舜帝赐嬴姓。秦非子继承了家族亲鸟兽的基因，将周孝王的战马养得膘肥体壮，数量和战力倍增，得到周孝王的赏识，获封秦地，延续嬴氏的祭祀，号称秦嬴。所以《大秦赋》剧情中周朝最后一任天子会骂秦国是“养马的家奴”。

秦地被列为诸侯国是在公元前770年，秦襄公（秦地第六任君主）因派兵护送周平王东迁有功（东周建立），被封为诸侯，秦国正式成为周朝的诸侯国。此时正值春秋早期，相对于齐、晋、楚、吴、越等诸侯强国来说，秦国的经济、文化都相对落后。自秦襄公被封为诸侯到公元前221年秦统一六国的549年间，秦国经历了31位君主。接下来我们就按照时间顺序，挑选有意思有看点的君主、能臣以及他们的政绩跟大家聊聊。

第一位不得不提的君主自然是春秋五霸之一的秦穆公，他是一位非常有雄心壮志的君主。穆公即位时，秦国在诸侯国中国力最为衰败，可是他偏偏立志要东出争霸，而当时国力仅次于齐国的晋国严严实实地堵在秦国东出的必经之路上。那么，如何实现自己的霸业理想呢？秦穆公脑子灵活，打不过人家就先成为亲人也不错，于是他向晋献公提亲，迎娶了晋献公的女儿伯姬，摇身一变成为晋献公的女婿，这就是大家都听说过的“秦晋之好”。而伯姬的陪嫁小臣中有一人，对秦穆公成就霸业可谓功德无量，他就是百里奚。

秦穆公听说了百里奚的才能，但阴差阳错几经波折，百里奚竟然逃至楚国，沦为奴隶。秦穆公听说后，本想重金将其赎回，但又担心此举会引起楚王的猜忌，随即以普通奴隶的市场价——五张黑羊皮从楚国将百里奚赎回，拜为大夫，这就是历史上有名的“五羖大夫”。五羖大夫百里奚入秦后，举贤臣勤政务，内修国政，外图霸业。在他辅佐下，秦国先后扶持了三位晋国君主，希望有利于大秦东出。无奈最后一位受秦扶持的重耳十分贤德，励精图治，带领晋国成为中原霸主。眼看东出无望，秦穆公掉转枪头向西进攻，一路势如破竹，攻占了史称西戎的20多个小国家，扩展了秦国的版图，使秦国成为“春秋五霸”之一。

令人惋惜的是，秦穆公开辟的霸业在他去世后236年被一步步消耗殆尽，秦国丧失了霸主地位，其中到底经历了什么呢？首先，秦穆公要为此承担一定的责任，他制定了士为知己者死的殉葬制度。秦穆公去世后，为他殉葬的并非寻常人或战俘，而是秦国的优秀人才，非人品好、学识高、勇武无敌者不能殉葬。从秦穆公开始直至秦献公废止殉葬制度，正好经历了236年。可想而知，有多少贤者能人成了君主死后的殉葬者。因此，优秀人才匮乏是秦国国力渐衰的原因之一。此外，236年间秦国经历了15位君主，其中在位时间少于15年的共有11位，国君更换频繁，内政混乱不堪，是秦国国力渐衰的另一个原因。仅有的几位在位时间较长的君主也是庸庸碌碌、才能平平，终其一生无所作为，只留下一句“秦某公在位多少年死”载入史册。

从公元前620年到公元前385年，历史的长河已经来到了战国时期（前475—前221），而此时的秦国已衰败至二流国家，大片土地被魏国抢占，东出称霸之路前途渺茫。

接下来的这对父子在关键时刻挽救了秦国，他们就是秦献公和秦孝公父子。父子俩在位时间合计46年（公元前384年—公元前338年），废陋俗、倡改革、强军事、富民生，使秦国在诸侯国中的地位迅速提升，国力大大增强。

先说说父亲，秦献公早年流亡魏国，回国夺取王位后，想变法强秦。他废止了人殉制度，迁都栎阳（今陕西省西安市），推新法（承认土地私有），开荒地，努力增强国力。秦献公的改革为日后秦孝公推行商鞅变法奠定了基础。献公去世后，孝公继承了父亲力主东出争霸的雄心壮志，发布“求贤令”广招天下贤才，商鞅正是此时应招离魏入秦的。经历了秦孝公的四次面试和一次王庭大辩论后，商鞅被授予实权，负责秦国变法之事。变法的目的只有一个，即在短时间内富国强兵，称霸诸侯。面对重病缠身的秦国，商鞅下猛药治重症，大力推行法家治国理论。第一剂猛药针对秦人的生活习俗、社会等级制度、农业生产、军功授爵制度等，令行十年后，秦国已从重病缠身迅速恢复成了健康状态，但这距离秦孝公的富国强兵要求还有一定距离。于是，商鞅开始了第二次变法，这一次改革的力度更加彻底，总结为四个方面：一是用法律形式强制分家，目的是将劳动力的价值挖掘发挥到极致；二是统一度量衡，颁布税赋统一标准；三是重新丈量土地登记造册，收回闲散土地，并合理分配；四是将郡县制推而广之，进一步加强中央集权。第二剂猛药下去，秦国脱胎换骨，国富兵强，终成六国畏惧的虎狼之国。

在这对君臣中，商鞅无疑是在战国这个舞台上充分展现了他的雄才大略，诠释了法家在治国理政方面的独特优势，但我更敬佩秦孝公，他身为君主，为了心中无比坚定的强秦信念，甘愿退居幕后，将自己手中的权力让渡给商鞅，将治国理政的舞台给了商鞅。因为他知道只有这样，商鞅才能彻底斩断旧贵族的利益链条，助秦国真正实现国富兵强。

如果说献公和孝公父子挽救了病入膏肓的秦国，将秦国由贫穷羸弱变得国富兵强，那么秦惠文王与秦昭襄王这对父子则是将秦国的国富兵强运用到外交和军事，并建立卓越功勋的主角。这位秦惠文王就是《芈月传》里芈月的先生，他即位之初，商鞅已然成为商君，拥有几乎与国君同等的权力。而君主制下的最高统治者只能有一个人，因此，秦惠文王必然要除掉商鞅，他灭其族但未废其法，实现了政权的平稳交接。商鞅被车裂，但商鞅留给秦国乃至中华民族的财富是永恒的，依法治国这一根本方针一直延续到今天。

秦惠文王在位期间，在用人方面颇有建树。他对贤臣和谋士始终坚持“对事不对人”。正因如此，秦惠文王重用张仪，但并非全听他的，这也为张仪最后能够功成身退留了路。秦惠文王最成功的就是启用张仪的“连横”政策，破了六国合纵抗秦的约定。连横政策的关键是打破齐、楚两大强国的联盟，张仪用欺骗的手段收服了楚国，并使齐国与楚国互相为敌，又先后到齐国、赵国、燕国，说服各诸侯国“连横”亲秦。对于近邻韩国和魏国，则采取军事上的打压政策，使之不敢与秦为敌。这样，六国“合纵联盟”被张仪的“连横”计策拆散了。

秦惠文王执政期间，秦国在军事上有了长足的发展，北扫义渠、西平巴蜀、东出函谷、南下商於，领土面积扩大了数倍。他病逝后，把王位传给了嫡子嬴荡（《芈月传》里芈姝的儿子），史称秦武王。不料武王因举鼎折断胫骨而死，武王尚无子嗣只得将王位传给弟弟嬴稷，也就是日后的秦昭襄王（《芈月传》里芈月的儿子）。由于秦昭襄王即位时只有 18 岁，尚未及冠无法亲政，于是其母宣太后当权，宣太后同母异父的弟弟魏冉辅政。尽管秦昭襄王 22 岁亲政，但秦国的国政实际上仍然掌握在宣太后手中。太后专权，自芈月开始。她以太后身份统治秦国长达 36 年之久。经过她的治理，秦国灭义渠国，弱诸侯，霸主地位更加巩固。秦昭襄王对太后和权臣的专权十分恼怒，在范雎的游说下，废太后，驱逐权臣，夺回亲政权。秦昭襄王亲政后，信任并重用范雎，范雎提出远交近攻的战略政策，在军事上屡建奇功。所谓远交近攻，就是与距离遥远的诸侯国亲近，互相给予军事和外交上的支持；对邻国采取进攻政策，弱其国力，使其孤立无援，一举灭之。通过实施远交近攻的战略，山东六国受到了严重的打击，渐渐失去对抗秦国的实力，为下一步秦始皇统一六国奠定了基础。

最后说说秦庄襄王和秦始皇这对父子，联系这对父子的重要人物就是吕不韦。秦庄襄王本名异人，本来毫无可能继承王位，但巨商吕不韦散尽家财，襄助尚在赵国为质的嬴异人回到秦国，认华阳夫人为母，改名子楚，得以被立为太子，这才有了后来的秦庄襄王。因此，秦庄襄王对吕不韦十分信任，委以丞相职位，并帮助他树立权威。秦庄襄王在位时间只有三年，三年后13岁的嬴政即位，由于尚未加冠，由太后和仲父吕不韦辅政，实际国政掌握在吕不韦手中。从嬴政即位到加冠亲政的8年中，吕不韦展现了不俗的治国理政才能。他推行义兵，改变了秦自商鞅变法以来的计首授爵政策，有历史性的进步意义；他招贤纳士，做足人才储备，为日后嬴政完成统一大业做出巨大贡献的李斯、甘罗等贤才均是吕不韦的门客；他重视农业生产，兴修郑国渠、都江堰，使关中、四川成为秦国的大粮仓，使秦国的经济实力超过山东六国，为秦一统天下奠定了雄厚的经济基础；他为后世留下了《吕氏春秋》这部巨作，为秦统一天下打下了文化基础。

始皇嬴政21岁亲政后，展现了东出荡平六国的决心和信心。这时，李斯出现了。他不仅在辅助嬴政平定六国中发挥了重要作用，而且在统一全国后，提出废分封立郡县以加强中央集权统治、制作秦篆以统一六国文字、颁布法律统一度量衡、确定标准统一货币、修驰道统一车轨等治国理政建议，由此可见他卓越的才能和方略。在李斯的辅佐下，秦始皇于公元前221年完成了一统天下的大业，并翻开了长达2000多年的封建君主专制统治新篇章。

君主的雄心壮志与坚定信念、能臣的舍生忘死与衷心辅佐、国政的破旧立新与与时俱进，使秦国在春秋战国时期迅速崛起，并最终一统天下。

漫步中国星空

汤晶晶

有一首火遍全球的英文歌，名叫 *Venus*。这个英文名称源于古罗马神话，意思是爱与美的女神维纳斯。同时，它是我们熟知的金星的英文名。在中国，金星也被称作太白，就是《西游记》里那个经常跟孙悟空打交道的老头——太白金星。如果你起得早，日出前可以在东方看到这颗非常亮的星星，所以人们也称它为启明星。

今天我分享的主题是星星。让我们一起漫步中国星空，感受天文之美。

一、宇宙之空

在生活中，我们常用“天文数字”来形容超乎想象的多，区别于我们日常生活中的度量单位。天文数字究竟有多大，如果你手边有一张纸的话，我们一起来感受一下宇宙之大以及宇宙之空。

大家知道，地球是一个行星，它自转的同时，围绕太阳公转，而月亮是地球的卫星，围绕地球公转。

你知道太阳系有多大吗？

我们现在假设，太阳是一个苹果，直径 10 厘米，从这个角度说，我们的地球和月亮有多大呢？地球是一粒直径 1 毫米的小米。我们现在把这个苹果放在足球场的左侧球门，那么代表地球的那粒小米应该放在距离球门多远的地方呢，答案是 10 米，大概在罚点球的位置，而月亮则是一粒离地球 3.3 厘米远的细沙。

木星呢，作为八大行星中最大的行星，是一粒直径 1 厘米的蚕豆，正好在球场的中线，离球门 50 米远。土星则是一颗花生仁，距离太阳 100 米远，正好放在对方的球门里。土星就是太阳系的边界吗？当然不是，我们还有海王星呢。海王星相当于一颗直径 5 毫米的黄豆，它距离苹果也就是太阳有 3 个足球场的距离，也就是 300 米。在这么大的空间散落着几颗豆粒、米粒，你能体会到宇宙有多空了吗？

三个足球场上，海王星之外的地方，就是太阳系的边缘了吗？当然不是。

在海王星之外有更大的一圈蓝色带状天体，它里面有千万个冰冻的小天体，组成甜甜圈的形状，它叫作柯伊伯带。依然拿苹果来对比，柯伊伯带最远处离太阳有多少远呢？差不多 10 公里！也就是说太阳这个苹果能吸引 10 公里外的天体围绕它运动。为了更直观地体现，我们现在把代表太阳的苹果放在天安门广场，那么北京的四环路就是柯伊伯带的位置。柯伊伯带就是太阳系的边缘了吗？还不是。柯伊伯带外面还有一个更大的球状的壳，依然围绕太阳运动，它叫作奥尔特云，我们大家熟悉的哈雷彗星就诞生于此。

奥尔特云距离太阳最远有多远呢？常见的度量单位没有办法满足这个距离，所以天文学家发明了一个新的长度单位——光年。奥尔特云距离太阳正好是一光年的距离，也就是说光从奥尔特云到太阳需要走一年的时间。太阳还是那个放在北京天安门广场上的苹果，奥尔特云就是这个苹果引力范围可达到的最远距离，有 800 公里，差不多到南京了。

此时，我们已经到了太阳系的边缘，那么在茫茫的宇宙中，离太阳最近的恒星是谁呢？是比邻星。小说《三体》描述的外星文明就在比邻星的恒星系统里。代表太阳的这个苹果还是在天安门广场，距离太阳最近的比邻星，它如果也是一个苹果的话，那么它在距离太阳那个苹果 3200 公里的地方，那是哪里呢？已经到了南沙群岛。

请您闭上眼睛，我们一起想象一下，在北京天安门广场上有一个代表恒星太阳的苹果，离它最近的一颗恒星，也就是下一个苹果，在 3200 公里之外的南沙群岛上，在这两个苹果中间，只有几颗米粒、豆粒和一些细沙。

是不是真切地体会到了，什么叫空间？

我们仰望星空的时候，肉眼可见的星星 99% 都是银河系里的恒星。银河系是包含太阳、比邻星等恒星的一个更大的天体系统。银河系究竟有多少个太阳这样的恒星呢？又是一个天文数字——2000 亿。银河系的形状像一个圆盘，从一端到另一端，距离是 10 万光年。所以我们刚刚使用的那个模型，不能再是一个苹果。太阳也不过是 8000 公里尘埃云里面的一粒灰尘。下一次，您仰望星空的时候，还有什么事情可以让您烦恼吗？

夜空下，仰望繁星的时候，越远处的星光，就来自越古老的时间。漫天星辰把深远的空间和遥远的时间联系起来，不得不佩服我们古人发明的“宇宙”二字智慧之高，“宇”指无限空间，“宙”指无限时间，空间与时间之间竟有如此联系。那些冲你眨眼的星光可能十万年前就上路了，直到今天才映入你的眼帘。

二、天文跟我们的生活息息相关

有了感官感受之后，我们来说一说，什么叫天文。

简单来说，天文学是人类认识宇宙的一门自然科学，它的研究对象是天体，听起来呢，是一门遥不可及的高大上的学问。其实天文学是最早起源的学问之一，跟我们的生活联系非常紧密。现代天文学是一门纯正的自然科学，而中国古代传统天文学则具有明显的人文社会的特点，渗透到中国文化的方方面面，大到民俗、建筑、都城，小到诗文和书画。

1500 年前，南梁的大才子梁武帝从王羲之的书法作品中选取了 1000 个不重复的汉字，并让人编撰成文，这就是《千字文》，千字文是古代的蒙学读物，开篇是这样的：天地玄黄，宇宙洪荒。日月盈昃，辰宿列张。寒来暑往，秋收冬藏……认字从天文开始，所以说天文在中国人的生活中，是非常重要的。

两周后的二月二，以及后来的七夕，其实都是中国传统星象在生活中的体现。

那么，我们有哪些认识中国星空的途径呢？古人认识星空是从歌谣开始的。《步天歌》是以诗歌的形式记录中国古代全天星官的代表作，作于隋代，唐代定稿，简洁通俗，朗朗上口，成为1000多年来观天认星的必诵口诀。今天给大家推荐的这本《漫步中国星空》就是以《步天歌》为基础编写，帮助读者认识中国传统天文的工具书。作者齐锐是北京市天文馆副馆长以及北京古观象台台长。

三、中国传统天文

说到星空文化，往往离不开星座，大家聊天时常互相打听星座，这里说的是西方的黄道十二宫，共88个星座，名称均来源于古希腊神话故事。

与西方神话星空迥异，我国的古人把万事万物投影到天空。古人认为天上的星辰就像是人间的官员，这也就是星官一词的来历。

中国传统天文主要体现了人文社会的内涵，星官的划分有阶层和布局，组织严密，整体性强。西方星座追求形，例如，天蝎座就像一个蝎子；而中国星官重在象，名称主要由所处的位置和周围星官的布局来决定。

用作者书中的话来说，“如果用绘画艺术作品来形容东西方星象的差异，西方星座像是一幅逼真的静物写真油画，而中国星官则更像是一幅水墨淡彩画，它以空灵的韵味取胜”。

下面我们简单介绍一下中国的传统星象组成。

天空中肉眼可见的星星有好几千颗，中国古人挑出了1400多颗，组成了283个星座，把它们称作星官。中国星官的数量比西方星座多，但每个星官里的星星数目较少，有时候甚至一颗星就是一个星官。

整个星图以北天极为中心，北天极就是地球的自转轴在北方天空中的投影点，所有的星官围绕它展开，整个星图就像一把伞的伞面，伞骨就是从北天极向四周发射的线，一共有28根，代表28星宿。全天星官分别属于31片天区，它们就是三垣28宿。三垣分别是紫薇垣、太微垣、天市垣。

“垣”就是城墙的意思，三垣就像是一片星星组成的院墙，三垣在伞面较为中央的位置，28 片天区被分成了四组，称为四宫或者四象。第一组称为东方苍龙七宿；第二组是北方玄武七宿；第三组是西方白虎七宿；第四组是南方朱雀七宿。中国传统星相图，也是世界上现存最古老的全天星图，它的观测年代在公元 1078 年，刻制年代在公元 1247 年，现存放在江苏省苏州市石刻博物馆内，大家有机会可以去看看。我今天的分享就到这里。

最后给大家播放一首由管平湖先生演奏的古琴曲《流水》。

1977 年，这首古琴曲随“旅行者号”飞船飞进了太空中，飞船有宇宙漂流瓶般浪漫的色彩，除了探索星体，还携带了一张独特的金唱片，名为“地球之声”，其中代表我们中国音乐文明的作品就是这首《流水》，因为 90 分钟非常有限，《流水》是其中唯一一首无删减完整收录的音乐。中国的传统人文精神，也因此最终进入了浩渺无垠的广阔太空。

被遗忘的节气

王小梦

春雨惊春清谷天，夏满芒夏暑相连，
秋处露秋寒霜降，冬雪雪冬小大寒。

今天，我和大家分享的主题是“被遗忘的节气”。

节气是中华民族历史文化的重要组成部分，蕴含着悠久的文化内涵和历史积淀。在信息爆炸的今天，许多有关节气的故事已被人们渐渐淡忘，希望这次分享能够带它们重回大家的视野。

首先，想和大家说说二十四节气的由来，二十四节气起源于中华文明的发源地——黄河流域。春秋战国时期，也就是公元前 770 年到公元前 221 年，生活在黄河流域的先民们已经开始使用二十四节气帮助农耕生产，但二十四节气最终成形记载于西汉的《淮南子·天文训》一篇之中。我们的祖先根据太阳直射位置的不同，经过长期的观察、感悟与摸索，结合农作物耕种的特点，将每个太阳年的自然周期平均划分成 24 段——地球每公转 15 度，划分一个节气。每个节气相隔约 15 天，每月两个节气，一年 12 个月，二十四节气便由此而来。这种划分方法简便易行，对于农耕发展特别具有参考意义。二十四节气反映了中华民族的务实精神和勤劳品格，也提高了中华民族的文化认同感和民族凝聚力。

接下来，和大家分享几个比较重要或者比较有意思的节气，以及与节气相关的传统习俗、民间传说、地方美食等。首先分享两个春天的节气，第一个是立春。

“春到人间草木知”，俗话说，一年之计在于春。立春在传统文化和农业生产中承担着团聚、祈求丰收的美好寓意。作为二十四节气之首，立春的到来也意味着严冬的结束。此时柳萌黄枝，水泛新绿，万物生长的春季已经到来。立春后，植物转绿，焕发勃勃生机。人们可以清楚地注意到白天变得更长，天气也愈发温暖了。那么，关于立春的习俗，大家知道多少呢，一起来听听看吧。

立鸡蛋。想要把底部并不平整的鸡蛋立起来可不是件容易的事儿，传说在立春、春分和秋分的时候，鸡蛋可以被立起来，立鸡蛋挑战成功则意味着好运将至。

咬春。说到习俗，当然不能少了吃，下面这个习俗叫作“咬春”。和冬至吃饺子一样，立春也有专属的节日食品，比如春饼、咬春萝卜、春卷儿和一些时令蔬菜，这种尝鲜活动就被叫作“咬春”。

迎春仪式。举行隆重的迎春仪式是立春这个节气的重要活动，我们的祖先早在3000年前就已经开始在立春第一天举行特别的盛典了。春神句芒掌管农业，人们为他制作供品。到了清代，迎春庆典已成为重要的民俗活动。

第二个想和大家分享的节气是惊蛰。惊蛰，是一个有声音的节气。惊蛰，古时候叫作“启蛰”，是二十四节气中的第三个节气，往往介于冬末春初之间。蛰，指的是动物入冬蛰伏土中的冬眠状态。惊蛰，就是说，天上的雷声惊醒了沉睡中的万物。都说惊蛰是一个有声音的节气，那么惊蛰都有哪些气候特征和习俗呢，我们一起来听听看。

春雷初鸣。划过天空的春雷可以说是惊蛰节气最典型的表现，民间有“惊蛰始雷”的说法。韦应物在《观田家》中写道，“微雨众卉新，一雷惊蛰始”，这里的惊蛰就是说，是雷声震醒了冬眠中的动物。

春耕。惊蛰节气的到来，预示着气温升高，降雨量增多，这个时段对于农民来说是非常重要的，所以惊蛰被视为农忙的开端。有道是“过了惊蛰节，春耕不能歇”，讲的就是惊蛰对农民的意义。

祭白虎。在中国古代民间传说中，白虎是一种带来争议和是非的动物，它们在惊蛰期间开始出没狩猎，有时还会咬人。据说，那些被白虎咬伤的人，将会遇到阻碍和厄运。所以，人们会在惊蛰期间祭祀白虎以求自保。祭祀时，人们会在纸上画白虎，然后将猪血和肉涂在白虎的嘴上，意味着白虎已经被喂饱，不会再咬人了，人们因此能避开厄运和冲突。

接下来，想和大家分享两个夏天的节气——小满和芒种。

欧阳修曾写道“最爱垄头麦，迎风笑落红”，这首充满人间烟火气的诗，题为“小满”。小满是二十四节气中的第八个节气，也是夏季的第二个节气。在这个时期，农作物的颗粒开始变得饱满，但并未完全成熟，因而这个节气叫作“小满”。

既然有小满，那为什么没有大满呢？《说文解字》说：“满，盈溢也。”中国人认为，凡事不能“太满”，满则招损。小满之后，到了“芒种”节气，三麦基本呈金黄色了，我们的老祖宗不用“大满”这两个字，而是用“芒种”代替“大满”。

“时雨及芒种，四野皆插秧。”芒种是二十四节气中的第九个节气。“芒”呢，指的是带芒的作物的收获，比方说大麦、小麦等；而“种”呢，则是指谷黍类作物的播种。夏收夏种都发生在这个时期，所以新一轮的农忙也开始了。比起前八个节气，芒种期间的降雨量仍处于增加状态，长江中下游地区即将进入梅雨季。诗人赵师秀在《约客》中写道：“黄梅时节家家雨，青草池塘处处蛙。”这句诗正是对这个时期天气的生动描述。

小满和芒种时期又有哪些习俗呢？我们先来看看小满。

小满吃什么？春末夏初，正是鱼虾肥美的季节。小满期间，夏收就要开始了。“小满大满江河满”描述的就是这个时期降雨的情况。由于降雨量大增，鱼虾长得大而肥美，此时正是吃鱼虾的好时节，当然，也是渔民们的丰收季。

祈祷丰收。芒种是收获的时期，从明代早期开始，人们就会用小麦粉制作各种各样的糕点，然后用蔬菜汁上色，在芒种到来之际，用这些糕点上供，祈求丰收和个人平安。除此之外，五月和六月也正是梅子成熟的季节，人们会在这个时期煮青梅，和冰糖一同煮出来的梅子清甜可口，美味又健康。

接下来到了秋天的节气白露。“露从今夜白，月是故乡明。”白露是二十四节气中的第十五个节气。白露过后，一年中闷热的时期就基本结束了，往后便迎来了秋高气爽。这段时间，尽管白天依旧炎热，但日落后温度会迅速降低，到了夜晚，空气中的水汽遇冷凝结成小水珠，这些水珠附在花朵、草地和树上，清晨来临时，阳光下的水珠看起来晶莹剔透，“白露出草根，颗颗如明珠”。白露时节的露水景观十分赏心悦目，白露也因此得名。这一时期，我国的新疆喀纳斯、四川九寨沟、东北大兴安岭等地正步入一年中最美的时节。白露饮秋茶，在南京，许多茶客都对白露茶青睐有加，白露茶是白露后、秋分前采摘的茶叶，白露茶没有春茶那么柔嫩，也不像夏茶那样干涩、味苦，而是清甜怡人。

最后，再和大家分享一个冬天的节气——冬至。“冬至大如年”，冬至是二十四节气中的第二十二个节气。冬至当天，太阳几乎直射南回归线，北半球将经历一年中最短的白天和最长的黑夜，南半球则会经历一年中最长的白天和最短的黑夜。3000多年前，周朝以日影最长的一天作为新一年的开始。从这个意义上说，冬至就是曾经的年。周朝时，人们会在冬至当日，也就是当时新年的第一天祭拜神灵。汉朝时，冬至成了冬天的节日，朝廷会举行正式的庆祝活动。在后来的唐、宋、元朝，冬至这天要祭神祭祖。到了明清时期，民间有“肥冬瘦年”之说，可见冬至这一节气的重要地位。

吃饺子。“冬至到，吃水饺。”在北方地区，吃饺子是冬至的关键活动。据说，冬至吃水饺的习俗是为了纪念医圣张仲景。行医途中，他见沿途乡民饥寒交迫，耳生冻疮，便用羊肉等食材制成耳朵形状的“娇耳”，送给人们驱寒。这便是“饺子”的由来。在南方，苏州人习惯在隆冬时节吃馄饨。相传苏州百姓把馄饨作为庆祝冬至的食物，是为了纪念大美人西施。据说，在2500年前的吴国宴席上，吴王厌倦了山珍海味，想换个口味，美人西施便去厨房做了一道叫“馄饨”的菜来满足他的愿望。吴王很喜欢这种美食，大快朵颐。

节气已经深入每一个中国人的生活，体现了充满人文关怀的中华优秀传统文化。在科技快速发展、信息激增的今天，节气不应该被遗忘，而应该被我们深深铭记。让我们跟随节气的变化，一起享受精彩的生活吧。

跨境人民币清算

张　潇

近年来，随着跨境人民币业务各项政策相继出台，跨境人民币业务规模不断扩大。为满足人民币跨境业务市场需求，进一步提高人民币跨境支付结算效率，分行在2020年11月26年成功获准加入人民币跨境支付系统（CIPS），成为所属总行直参关系下的间接参与者。

今天我想和大家分享的，是我在分行CIPS间参资格申请工作中搜集整理的一些关于人民币跨境支付系统CIPS的信息和资料。其中包括跨境清算公司对CIPS系统的相关介绍，全球支付清算体系、中国支付清算体系、人民币跨境支付系统等介绍文章。

我们在日常处理跨境人民币业务比如海外代付、福费廷时，经常涉及确认人民币汇款路径，是通过CIPS路径走，还是通过CNAPS（中国现代化支付系统）走。根据跨境清算公司最新要求，从2021年1月1日起，CNAPS不再处理银行间跨境人民币支付业务，相关业务统一通过CIPS系统处理。

CIPS到底是一个怎样的系统？为什么说CIPS是人民币国际化的支付清算基础设施？一种货币要想成为全世界都认可的货币，其中一个条件就是货币要比较容易得到、比较容易流动。人民币要在金融机构间实现高效流通，就必须有一个完整的金融基础设施，涉及人民币的金融基础设施大概可以分成三类：

第一类是国内人民币基础设施，也就是国内支付清算系统，这个“人民币”指的就是我们常说的“在岸人民币”。

第二类是国际人民币基础设施，也就是离岸支付清算系统，这个“人民币”指的就是我们常说的“离岸人民币”。

第三类是跨境人民币基础设施，也就是跨境支付清算系统，这个“人民币”指的就是我们常说的“跨境人民币”。

在岸人民币是指传统的在中国大陆境内流通和存储的人民币；在岸人民币基础设施的使命已经由大家熟知的人民币本币清算系统CNAPS出色完成。

离岸人民币是指在中国大陆以外进行交易的人民币，也就是海外市场上的人民币。这里的人民币其实就跟所有其他外币一样，在一个由商业银行主导的公开的、自由的银行间市场里面流动，比如在香港的商业银行使用的基础设施就是“人民币CHATS”，但是单靠香港这一个地方影响力是不够的，所以我国先后在新加坡、伦敦、法兰克福、首尔、巴黎、卢森堡、悉尼等地都指定了一家中资银行作为人民币清算行（比如中国银行、工商银行），让大家都能在人民币清算行开设人民币同业账户，清算和交收人民币。

这里简要解释一下，“清算行模式”是通过境外的清算行来完成人民币离岸金融中心的资金清算的模式；另一种模式叫作“代理行模式”，指本国银行通过与别国银行建立同业往来账户完成资金清算的模式，在跨境货币清算中更常见。具体的做法是让境内具备国际结算业务能力的商业银行为境外银行开立人民币同业往来账户，代理境外银行进行人民币收付、结算等服务。

但是，上面这两种模式多少有些局限性，比如效率不高；比如清算行、代理行都是由人民银行授权指定等，在境外的各人民币清算行，除了美国摩根大通和日本三菱日联以外，都是由中资大行担任；再比如清算业务的经营风险实际上是高度集中在了商业银行身上。

如果想要人民币在国际范围内广泛流通，进而促进人民币国际化，使人民币成为各个国家都接受的货币，那我们就必须自己搭建一套完善的、国际化的人民币支付清算基础设施，它的使命是让人民币在海外的金融机构间、海外与国内的金融机构间顺畅地流动，这就有了我们今天要谈的主角：CIPS。

CIPS全称为Cross-Border Inter bank Payment System，人民币跨境支付系统。它的运营机构是“跨境银行间支付清算（上海）有限责任公司”，总部设在上海，是经中国人民银行批准在中华人民共和国境内依法设立的清算机构，接受中国人民银行的监督管理，全面负责CIPS的系统运营维护，参与服务和业务拓展等。CIPS系统在2015年10月8日完成一期成功上线运行；中国光大银行在2015年12月31日获准作为直接参与者接入CIPS，2016年12月5日投产上线，作为直接参与者正式加入CIPS。

我们在前面的内容中分别提到了直接参与者和间接参与者。大家也许会想：什么是直接参与者？什么是间接参与者？两者之间有什么不同？

CIPS为其参与者的跨境人民币支付业务和金融市场业务等提供资金清算结算服务。参与者分为直接参与者和间接参与者两种，CIPS直接参与者是指具有CIPS行号，直接通过CIPS办理人民币跨境支付结算业务的境内外机构。CIPS间接参与者是指未在CIPS开立账户，但具有CIPS行号，委托直接参与者通过CIPS办理人民币跨境支付结算业务的境内外机构。CIPS行号是CIPS参与者在CIPS的唯一身份标识，目前CIPS行号都是直接采用各参与者的SWIFT Code（银行国际代码）。

直间参之间的关系是怎样的呢？一个直参者可与多个间参者建立业务关系，一个间参者可与多个直参者建立业务关系。

根据2021年2月份发布的CIPS直间参成员名单统计，CIPS现在总共有42家直参成员，其中有6家是境外（含港澳）直参成员。间参成员共计1828家，其中境内有1113家，境外（含港澳以及中资银行境外分行）有715家。目前CIPS对直参成员收取的年费为120万元，间参成员暂无费用。

直接参与者可以通过专线和CIPS相连接，也可以通过SWIFT报文系统和CIPS连接。为什么有专线连接的模式，还需要提供SWIFT报文系统的连接模式呢？一方面是因为专线连接的成本非常高昂，另一方面，CIPS

要想接入全球的银行来参与，那势必要兼容它们以前的通信模式。

介绍完直接参与者与间接参与者，各个银行间的人民币是怎样在 CIPS 系统流转的呢？

首先，CIPS 的直接参与者必须是大额支付系统的直接参与者，或者找一家大额支付系统的直接参与者为自己开设一个运营账户，每日通过大额支付系统向 CIPS 账户发起注资、注资调增、注资调减、余额清零等操作。

大家可能听到这里会提出疑问，我们今天谈的主角是 CIPS，为什么又谈到了大额支付系统？说到这里，我们就来了解一下 CIPS 的账户逻辑：CIPS 在大额支付系统开立了一个清算账户，到了交易日，所有直参行需要将资金通过大额支付系统支付到这个清算账户里，这个清算账户实际上就是一个资金池，因为账户内资金都是直接参与者的，所以权益属于 CIPS 所有直参者。参与者在 CIPS 系统中开设的账户只是用来记账，并不是真正的资金账户。

不管是 CIPS 在大额支付系统的清算账户还是直参行在 CIPS 的账户，都不允许透支，日终余额为零。当银行之间有人民币往来的时候，银行通过报文将支付请求发送至 CIPS，由 CIPS 完成资金的清算，但是负责实际人民币资金交收的不是 CIPS，它只是一个清算业务系统，是支付清算的前台系统，CIPS 在交易日完成后将清算数据提交给大额支付系统进行实际的资金划转。

CIPS 目前支持实时全额结算、定时净额结算，这种混合结算方式提高了人民币跨境和离岸资金的清算、结算效率。

另外，目前 CIPS 系统在法定工作日全天候运行，全面覆盖全球各时区的金融市场，充分考虑境外参与者和其客户的当地人民币业务需求，支持当日结算。我们的人民币账户行也已经获准 CIPS 直参资格，这会进一步提高分行人民币跨境支付业务的清算效率，对我们的人民币业务的发展也是一大优势。

筚路蓝缕，以启山林
——1978

孙　威

“我的时代在背后，突然敲响了大鼓”，这是北岛在1978年发表的作品，用这句极具时代情绪的诗开启1978年再合适不过。诺贝尔经济学奖得主科斯在《变革中国》中写道：“1978年中国的改革开放是二战以后人类历史上最为成功的经济改革运动。”如果说这一切都缘于改革开放，那么中国究竟做对了什么?

我整理了中国1978年发生的主要故事并写了一些自己的随想。每个伟大的时代都必然有刻画时代的故事，我想请大家和我一起回望祖国在1978年走过的路，了解其中动人曲折的故事。我的发言素材主要参考吴晓波先生的《激荡三十年》，某些人物的自传，还有一些其他当代史资料。

1953—1979年，我们国家的产业布局以军工产业为主，钢铁、石油等重工业与之配套，因此直接造成了轻工业产品及国民生活必需品的严重短缺。当时国家经济是十分纯粹的计划经济成长模型。中国境内所有的物资生产和分配全由国家调控，这是一整套非常严密的计划生态链，它在一个高度集中、全面封闭的体系内运行，全国的企业就像一个个车间，计划委员会则是一个调度室，计划点菜，财政拨款，银行数钱，看上去井井有条。但是，这种计划经济对效率的漠视和排斥已经是一件不需要论证的事情了。

1978年，中国企业是一副怎样的景象？也许我们从外国人眼中能看得更真切一点。在1978年7月的《华盛顿邮报》上，刊登了某美国记者写的一篇中国工厂观察记。他写道：“中国工人把他们的工作看成是一种权利，而不是一种机会。工人的身份是可以世袭的，桂林丝厂有2500多名工人，从来没有解雇过一个人。”他断言：“这种松松垮垮的工作态度，必然是这个国家实现现代化的一个主要障碍。”一位日本记者发现重庆一家炼钢厂使用的机械设备全都是20世纪50年代之前的，其中，140多年前英国制造的蒸汽式轧钢机竟然还在使用。同年6月，他参观了上海的一家集成电路工厂，他写道："日本的集成电路工厂干净得一点灰尘也没有。相比之下，上海这家工厂简直像是马路工厂。工厂方面说，产品一多半不合格，卖不出去。"这位记者还观察到，当时中国工厂的基础人才极度匮乏。他举例说，上海内燃机研究所的31名技师，平均年龄是56岁。1978年的中国与世界，差距是那么大。当美国家庭的电视普及率超过70%的时候，我们还不知道电视机是什么。我们要发展航空事业，但机场根本没有建设跑道，只能在草地上滑行。我们想发展汽车机械，却连配零部件的技术都没有。当时离我们不远的东京，繁华程度令人吃惊。我们每天敲锣打鼓喊口号，每天饿肚子，每个人都一样穷。

穷则思变，如何摆脱这种局面？1978年，邓小平敏锐地认识到，必须从思想层面解决问题，思想不解放，什么事都不敢想更不敢干，随即引发了一场关于真理标准问题的大讨论，最终确认了"实践是检验真理的唯一标准"。"抓关键，抓重点"是邓小平破局智慧的鲜明特点。比如他讲，发展才是硬道理，坚持以经济建设为中心的基本路线一百年不动摇，非常符合我们作为发展中国家的国情和定位。邓小平在随后召开的全国科学大会上提出"科学技术是生产力"，确定了现代化建设的主旋律。当年，共有6000人参加了这次科学大会，其中35岁以下的仅有150多人。在大会的后排，坐着一位33岁名叫任正非的青年人，他是解放军派来的代表，他因为刚刚获得了全军技术成果一等奖而意外地参加会议。他不会料到，再过几年他将在深圳以两万元钱创办一家叫华为的电子公司。

1978年，时与势不断推动中国这辆火车驶进高速前行的快车道。坐在火车上的绝大多数人并不知道方向和道路，但是也有精明的旅客意识到了其中的不同。在这个微寒的早冬，他们率先感受到了季节和时代的变迁。

中国科学院34岁的工程技术员柳传志，也是日后联想集团的创始人，在20多年后回忆说：“记得1978年，我第一次在《人民日报》上看到一篇关于如何养猪的文章，我激动不已。自打‘文革’以来，报纸一登就全是革命，全是斗争，全是社论。在当时养鸡、种菜全被看成是资本主义尾巴，是要被割掉的，而《人民日报》竟然刊载养猪的文章，气候真是要变了！”

也正如他所料，科学大会后，国家在科研和教育方面的改革速度明显加快。全国高考正式大规模放开，这一年610万人报考，最终录取了40.2万人，他们中大量的人都成为中国日后发展的脊梁。他们也在未来的几十年后，与祖国相互成就。当年辽宁沈阳铁路局的工人马蔚华考入吉林大学经济系，11年后他出任招商银行总行行长。华南理工大学无线电专业招进了几十个学生，其中有李东生、陈伟荣、黄宏生，十多年后，他们三人分别创办了TCL、康佳和创维，这三家公司极盛之时彩电产量之和占全国彩电总产量的40%。

在四川，刘永好三兄弟上了大学，在新津县，几乎成为家喻户晓的传奇。之后，兄弟三人一起办了一个小养殖场，并于1982年创立新希望集团有限公司，这家公司目前是中国最大的饲料和农牧生产企业之一。

在内蒙古，一个叫牛根生的苦孩子，生下来一个月就被卖到了城里。他不知道自己姓什么，他的养父养了28年牛，所以让他姓了牛。这一年，养父去世了，他抹干眼泪，接过牛鞭继续养牛。五年后，他到了一家奶制品厂当刷瓶工，一干就是16年，之后他创办了一个小奶制品厂，而这个小作坊日后变成了中国最大的奶制品公司——蒙牛集团。

这一年的深圳，有一位27岁叫王石的文学青年十分郁闷，他1977年毕业后被分配到了广州铁路局工程五段，担任排水技术员，每月工资42元，却要忍受牲畜的恶臭味道和蚊蝇的叮咬。他后来在采访中回忆这段经历，讲到当时晒衣裳的绳子随时被密密麻麻的苍蝇占据，让人浑身起鸡皮疙瘩。那时候王石盼望在深圳的工程尽早结束，赶紧离开他讨厌的深圳。后来他的故事大家都知道了，在他讨厌的深圳，他创办了日后的房地产帝国——

万科。

这群“小人物”在当时从来没有想到过，自己将在历史上扮演如此重要的角色。之所以称之为“一群小人物”，是因为与若干年后他们创建的具有影响力的公司相比，他们当时的状态实在微乎其微。1978 年，中国最重大的经济事件发生在一个偏僻、贫穷的小乡村。这一点也不奇怪，因为日后更多改变中国命运的事件都是没有预兆的，都是在偏僻的地方，由一些平凡的小人物意外引爆的。

1978 年 11 月，在安徽省小岗村的一间破草屋里，18 个衣衫破旧、面色发黄的农民，面对一张契约，神情紧张地按下血红的指印，并发誓：宁愿坐牢杀头，也要分田到户搞包干。后来，这份存于中国革命博物馆的大包干契约，被认为是中国农村改革的“第一枪”，为中国农村土地变革带来的意义可谓深远而巨大。

当时的“大锅饭” 制度导致农业生产效率低下，农民无法生存，每年秋收后小岗村几乎家家外出讨饭。在走投无路的情况下，他们被逼到了包产到户的这条路上。包干制竟十分有效，第二年小岗村就实现了大丰收，此后，以“家庭联产承包责任制”命名的农村改革迅速蔓延全国。包产到户的推广一方面从根本上解决了中国的口粮产能问题；另一方面把农民从土地的束缚中解放出来，在土地严重缺乏而观念较为领先的东南沿海地带，大量闲散人口开始逃离土地，很自然地进入工业制造领域，寻找生存的机会，这群人的出现直接诱发了乡镇企业的“意外崛起”。某种意义上，中国民营公司大量出现的逻辑根源，也可以从小岗村的那个冬夜开始追寻。

另外，这一年最值得一谈的就是招商引资。

1978 年 8 月，我国向世界各大著名车企邀约，希望它们能够来考察中国市场。丰田公司婉拒，傲慢的奔驰公司则说不可能转让技术，最后只有一家大众和我们达成了合作，这也成就了一代国民神车“桑塔纳”。同年 10 月，邓小平访日本。日本，这个在二战后快速崛起并创造经济奇迹的国家，对当时的中国而言，俨然很有借鉴意义。邓小平在日本领略了现代化的生产线，看到了双画面电视、高速传真机、录像机，以及微波炉，并专程去了松下电器公司，在那里等待他的是另一位亚洲传奇人物，被尊称为“日本经营之神”的83岁的松下幸之助。双方的见面带来了巨大的经济和示范效应，在第二年，松下就与中国政府签订了合作协议，其他日本公司也纷拥而至，在之后的10年间，日本公司成为中国市场第一批外来拓荒者。访日之后，邓小平又去访问了新加坡。新加坡这样的弹丸之地却可以引来多国投资，这也是中国急需的招商经验。李光耀在自己的回忆录中写了这段经历。他在书中写道：“邓小平是我所见过的领导人当中，给我印象最深刻的一位。尽管他只有五英尺高，却是人中之杰。虽已年届74岁，在面对不愉快的现实时，他随时准备改变自己的想法。”这些细节，在1978年的新闻报道中被淹没，人们只关注和称颂邓小平出访的种种政治意义，却没有发现他其实已经为中国日后经济制度改革汲取了经验。除了主要领导人频频出访之外，我们的政府还做了一些动作。这一年的7月，我国停止了对越南的援助，随后又宣布停止对阿尔巴尼亚的一切技术和经济援助。1978年10月，《中日和平友好条约》正式生效；12月，中美发布建交联合公报，从这里不难看出我们内在的某种抉择：我们要摆脱旧的意识形态，我们要向发达国家靠拢，我们要发展经济。

1978年底，邓小平提出了一个非常著名的理论：“让一部分城市先富起来。”他当时一口气列举了十来个城市，第一个就是深圳。也是在年底，美国《时代》周刊将邓小平评为《时代》周刊“年度风云人物”。这家在国际上影响重大的周刊用整整48页的系列文章介绍了年度人物邓小平和打开大门的中国，其开篇之作的标题是“新中国的梦想家”。

讲到这里，1978年的故事要结束了。回望那个时代，很多事在今天看来竟是如此荒谬和不可思议，但是它们都在那个年代真切地发生了。比如自己开一个小铺子，就会被蔑称为“个体户”，一个不受体制保护的流浪汉。政府明令禁止私人买汽车跑运输，现在已经消失的经济犯罪名词“投机倒把”在当时是一个很严重的罪名。很多年后，有人小心翼翼地质疑：“如果在 1978 年，我们就清楚地知道中国与世界的距离居然差那么远，我不知道我们是否还有追赶的勇气。”然而历史已经证明一切，如今回望，1978 年的我们贫穷、落后，但我们也庆幸那只是开始而不是结束，是起点而非终点。恢复高考，给渴望知识的年轻人带来希望；允许自营，点燃了许多个体户的创业梦想；引进外资，让下海的弄潮儿累积了财富……无数人的命运柳暗花明，无数人的梦想破土而出，中国人用勤劳与智慧完成了一段段激动人心的精彩叙事，打开了对未来的想象。你让我怎么去评价这些可爱的人呢，鲁迅先生在 1934 年写过一篇杂文《中国人失掉自信力了吗》，其中有几句我们熟悉的话，放在这里大抵合适：“我们自古以来就有埋头苦干的人，有拼命硬干的人，有为民请命的人，有舍身求法的人，虽是等于为帝王将相作家谱的所谓‘正史’，也往往掩不住他们的光耀。这就是中国的脊梁。”43 年的改革之路，我们逢山开路、遇水架桥、滚石上山，一点点雕琢这个国家，直到如今。这种精神，随着时代发展，沉淀升华、历久弥新，成为亿万中国人共同拥有的时代气质。

总而言之，1978 年我们的国家、人民、制度、思想和士气都已蓄势待发，锐不可当。江河汇聚成川，无名山丘崛起为峰，我们的祖国犹如一艘巨轮，只待一声枪响，便可千帆竞发，百舸争流。1978 年，这是一个伟大的开始。

安全跑步常识

谭富兵

生命在于运动，今天给大家分享一点关于运动的小知识。

在公园晨跑时，会遇见很多“闪闪发光”的人，虽然清晨还没有阳光照射，但这些美好的人们却自带光环，他们的灵魂耀眼璀璨，他们热爱生活，热爱生命，用奔跑唤醒沉睡的大地。我也热爱跑步，很庆幸自己能成为他们中的一员，很庆幸奔跑的自己能遇见奔跑的同路人。

有些人跑步很吃力，从他们的衣着和跑姿能看出来，他们没有做好准备就匆忙上路了。虽然跑步看上去就是“一迈腿的事儿”，但如果没有正确安全跑步的意识，很容易受伤，也更难坚持。奔跑的人是热爱生活的人，希望大家先学会关爱自己。

接下来总结几条正确安全跑步的技巧，希望能帮助在路上的你。

一、跑步前的准备

（一）一颗已经上路的心灵

当你走上跑道，就说明你已经做好奔跑的准备，不管出于什么目的，你都让我敬佩。既然开始了怎么能轻易放弃呢，希望你能坚持到底。

（二）一套实用的装备

1. 跑鞋

跑鞋的选择范围很广，简单做一下分类，跑鞋主要有缓冲型、支撑型、控制型、比赛型、赤足型等，大众选择最多的是缓冲型、支撑型和控制型这三种，从这些分类就能看出跑鞋的主要作用。根据需要给自己挑选一双合适的跑鞋吧，同时可以选配一双速干排汗袜。

2. 衣服

衣服可以选择速干排汗的短裤 T 恤、弹性舒适的速干紧身衣，经济条件允许的话可以选择更专业、功能更强的压缩衣（压缩衣有提高肌肉力量，保护膝盖和防止抽筋的作用）。相对于上衣，我更建议重视下装。为什么呢？当你膝盖受伤、脚踝受伤、小腿抽筋的时候，你就知道挑选功能更强、更稳定的下装的重要性了。另外，不要忘记选择运动内衣。

3. 防护装备

防护装备很重要，髌骨带、护膝、防晒霜、凡士林等都是跑步需要的物品。我身边的跑友大多会选择髌骨带，常常听跑友说，没有防护装备，就感觉是在裸跑，跑一会儿膝盖就开始疼痛不适，髌骨带具有保护关节和维持关节稳定性的功能，能够防止膝关节过度内翻或者外翻。当然，防护装备的选择也要因人而异。

4. 配件

配件包括运动手表、臂包、腰包、反光带、运动饮料、能量胶（棒）、MP3、耳机等。我的常备配件包括运动手表（可以记录运动成绩、监测心率变化）和腰包（装手机、钥匙和钱等）。有些人喜欢跟着音乐的节奏跑步，那就需要带上 MP3，或者用手机替代 MP3。为了不影响别人，同时更好地体验音乐带给自己的热情，还是戴上耳机吧。

（三）跑前热身

1. 跑前吃什么

晨跑前不宜空腹，也不能吃得过饱，空腹容易低血糖、缺水，不利于健康，过饱会消化不良、胃下垂。在跑步前 30 分钟到 3 小时之内都可进食，应以容易消化的食物为主，比如水果、全粒谷物，以及含蛋白质的食物。出发前 5 分钟可以吃些小食，比如一个香蕉，或者喝点蜜糖水。

2. 热身运动

跑步之前可以做以下热身运动：头部运动、扩胸运动、肩部运动、腰腹运动、压腿拉伸、膝关节运动、跳跃运动。

跑步不热身，受伤是迟早的事儿。

二、正确跑步技巧

有关正确的跑姿，我总结为两部分：上半身与下半身。在跑步过程中，上半身要保持腰背挺直，稍微前倾，双肩自然向后旋转落下，跟随双脚的节奏自然放松地前后摆臂。下半身注意双脚着地时，触地点是在身体重心的下方，着地后膝盖微屈，再向前蹬腿发力。有氧慢跑应该脚后跟和脚中部滚动着地，目的是减少震动，减小小腿和足腱的压力。这就是正确跑姿最为基础的步骤。身体保持前倾，是顺从了重力关系，让身体更自然轻松地向前奔跑。双脚着地必须保持在身体重心下方，是为了防止膝关节过度用力而受损，也减小了地面的冲击力，同时保持膝盖微屈，更有效减缓了冲击力，减少损伤，也有助于向前弹起发力。

高步频、小步幅是最安全的跑步姿势，一定注意步幅不要过大，专注呼吸和步频。

最适合自己的、让自己最舒服的跑步姿势就是正确的跑姿。不同的人、不同的身体条件，正确的跑步姿势会有所不同。在跑步过程中，一定要仔细观察、用心体会，感受身体各处的感觉，随时对跑步姿势做出相应的调整。从这个角度讲，跑步是个精细活，要求注意力高度集中。

跑步强度的增加需要循序渐进。心肺功能、肌肉强度、韧带强度等身体机能，需要一定的时间适应跑步速度、跑步时间和跑步强度，才能对身体提供足够的保护。多数的跑步损伤都是因为违背了身体规律。

三、跑后拉伸和饮食

（一）跑后拉伸

跑后可以做这些拉伸动作：小腿拉伸、韧带拉伸、臀部屈肌拉伸、四头肌拉伸、蝴蝶式拉伸、大腿外侧拉伸、全身拉伸。

（二）跑后饮食

跑步后身体消耗了大量能量，需要补充能量，所以跑后饮食很关键。锻炼之后，机体开始通过合成代谢来补充运动期间的能量消耗，此时一定要补充足够的蛋白质和碳水化合物。最佳进食时间是运动后 30—50 分钟，这样身体才能从疲劳的状态中及时恢复过来。

锻炼结束后可以吃些零食，例如牛奶、饮料、水果干、坚果、香蕉等。稍事休息后，就可以进正餐，例如米饭、面条、土豆、鸡肉、鱼肉、豆类等，注意清淡饮食。需要注意的是，不要忘记补水。在水分充足的情况下，人会感觉精力充沛，能坚持更长时间和更高强度的运动锻炼。

四、跑步会不会伤膝盖

每项运动都会对身体带来一定的冲击，如果保护措施不够完善，冲击就会变成伤害。走路也能走得腰酸腿痛就是这个道理。跑步方法掌握不好，也会对我们的膝盖带来伤害。

常常跑步的人的膝盖，跟平常疏于运动的人的膝盖是有很大不同的。常常跑步的人膝盖周围的肌肉和肌腱组织会比不常运动的人的更加强壮和饱满，这是长期坚持锻炼的结果。强健的肌肉和肌腱组织能够对膝盖提供有效的保护，防止膝盖过度磨损以及形成永久伤害。但是，再强健的肌肉和肌腱所能提供的力量和保护也都是有限的，如果运动的强度超过了肌肉和肌腱组织所能提供的保护范围，同样还是会给身体带来伤害。这也是为什么所有的健身运动，都要循序渐进，要有计划有步骤地提高强度，让身体有足够的时间适应和调整，达到相匹配的保护能力。

跑步是长时间、高强度、持续性地挑战身体机能的运动，需要讲究科学的方法。长期不运动的人，切记不要哪天心情大好，上来就跑个 10 公里；或者天天跑步，平常都是跑 10 公里，突然有一天要挑战极限，跑个半马。这都会给身体带来较大的冲击。每年驻澳商会都会组织跑大桥活动，建议想跑完这 10 公里的同事，至少应该提前一个月，最好两个月，开始训练，有计划地增加强度，让身体逐步适应，安全地实现跑步距离和速度的目标。

五、注意事项

1. 跑步前一定要了解正确的跑步知识，才能避免伤到自己。

2. 跑步时要接受自己的身体承受能力，循序渐进，逐步提高，不要勉强，要记住罗马不是一天建成的。

3. 如果跑步有 10 万个理由，那么不去跑步的理由就有 20 万个。跑步需要坚持，你最大的敌人是你自己的懒惰。

《长路漫漫：一个童兵的回忆》读后感

陈 洋

《长路漫漫：一个童兵的回忆》这本书是一个战地儿童的真情告白，是一个关于残酷战争与纯真少年的真实故事，内容不仅是写实揭露，字里行间更是透露出被迫参与战争的无奈。

全文总共分成三大部分：寻找家人，逃离战场；加入政府军，成为杀人工具；接受治疗，重新回归正常人的生活。虽然作者的语言并不华丽，但他朴实平淡的文字能刻画出当时的场景以及主人公心路历程的转变，淡淡道出惨不忍睹的悲剧。

作者比亚的故乡在西非的塞拉利昂，在这个国家，至少有 5 万人死于 1991—2002 年之间的内战。在这场战争中，12 岁的比亚从一个迷恋街舞、爱搞怪的普通小男孩变成了无家可归的孤儿。比亚的童年在他 12 岁时，在一个阳光明媚的午后，在 AK–47 密集的子弹交织成的交响乐中，没有打一声招呼，便匆匆结束了。谁也没有想到，原本单纯的才艺表演之旅，最后却变成一场残酷的避难之行，比亚为了寻找家人和躲避战火，在战场中如同小白兔般逃亡，只要听到一点风声就要迁移。

“Four men lying on the ground, their uniforms soaked with blood. One of them lay on his stomach, and his eyes were wide open and still. ”

这段文字并不是虚境，而是比亚第一次逃亡时看到的画面。当时，他目睹了朋友被火箭炮打死，目睹了许许多多超乎我们想象的血腥画面，死亡离他们是那么近，几乎每隔几天都会经历一次。跟比亚一起逃亡的伙伴曾绝望地问：“How many more times do we have to come to terms with death before we find safety? He waited a few minutes, but the three of us didn’t say anything. He continued：Every time people come at us with the intention of killing us, I close my eyes and wait for death. Even though I am still alive, I feel like each time I accept death, part of me dies. Very soon I will completely die and all that will be left is my empty body walking with you. It will be quieter than I am."

战争本是成年人因利益、理念不合而导致的冲突，却让灾民成了无辜的棋子和牺牲品。一方面，还没来得及长大的儿童被迫跟家人分离，抛弃了孩童本该有的单纯无邪，提前了解了什么是恐惧，什么是死亡。这些孩子是如此卑微，任何一个手持武器的人，都可以肆意虐杀他们，就像踩死一只蚂蚁，他们是如此无助。另一方面，童兵泛滥的背景下，善良的人开始对十几岁的孩子避而远之，即使看见他们骨瘦如柴的身体和凸现的肋骨，也不愿施舍一点饭食。人与人之间的信任在战争中脆弱得如同泡沫，轻碰就破：

"This is one of the consequences of the civil war. People stop trusting each other, and every stranger becomes an enemy."

比亚跟一群年纪相仿的小伙伴在逃难过程中，一次又一次被误会成匪兵，一次又一次面临死亡的威胁。一群 12 岁的灵魂到底能承载多少痛？这种活在战火中的日子到底什么时候可以结束？没有人知道，他只能竭尽全力地活着：

"One of the unsettling things about my journey, mentally, physically, and emotionally, was that I wasn't sure when or where it was going to end. I didn't know what I was going to do with my life. I felt that I was starting over and over again. I was always on the move, always going somewhere."

经历了几个月的逃亡，比亚仍落入了政府军的手中。在那一刻，12 岁的他已不再是一个孩子，而成了冷血的杀人机器：

"I took off my old pants, which contained the rap cassettes. As I was putting on my new army shorts, a soldier took my old pants and threw them into a blazing fire that had been set to burn our old belongings. I ran toward the fire, but the cassettes had already started to melt. Tears formed in my eyes, and my lips shook as I turned away."

比亚加入战争，介入血腥和屠戮，他手中拿的不是玩具枪，而是一把货真价实的AK-47。在枪林弹雨间，他跟一群年纪相似的青少年呼喊着杀人，或者被杀死，蹉跎于年轻人生的地平线。在毒品和军官的控制、洗脑下，他们的内心都被恨意填满，失去了理智，全身心投入战局，只要一看到匪兵就开枪，不论那人是不是迫不得已才加入战场：

"My squad is my family, my gun is my provider, and protector, and my rule is to kill or be killed."

比亚的心早已被愤恨占据，如果他不先杀死对方，可能会成为其他匪兵枪下的亡魂。以前总好奇为什么这些小孩可以那么残酷，他们为什么会成为童兵，他们不怕吗？现在我知道了，他们都是被迫的。一开始，他们也只是为了活下去，这些还没有成年的孩子，瘦弱得连枪都扛不动。他们不是不怕，他们刚开始端起枪，扣动扳机开火时，也会打颤发抖，经过第一场战役后，也会不停地做噩梦。几个月之前，他们还是四处逃散的受害者，后来不仅会防御，还会发起攻击，作起恶来更是变本加厉。他们一边吸食毒品麻痹神经，一边看战争片来"正当化"自己的作为和自己所经历的一切。他们几乎不需要食物，混着火药吸海洛因，就能让自己感到浑身是劲。他们喜欢看《第一滴血》，接到命令就出去拼命，然后回来继续看这部片子，好像幕间休息后又回到剧场：

"The ... drugs gave us energy and made us fierce ... killing had become easy. Sometimes we were asked to leave for war in the middle of a movie. We would come back hours later after killing many people and continue the movie as if we had just returned from intermission. we were always either at the front lines, watching a war movie, or doing drugs. There was no time to be alone or to think."

香烟和毒品是童兵们最美味的佳肴，而枪声则是童兵们最熟悉的歌谣。

上帝仍是眷顾比亚的，他被国际儿童保护组织带离血腥，重返都市学习。对于比亚来说，这是一种极大的精神冲击。他在构建世界观的年龄成为一个杀人机器。被严重洗脑的他，来到自己从未见过的都市大厦时，崩溃了，之前随意命令平民的他成为受教育的学生，这让他感到不解。这些都是他找回良知的过程。在重拾良知的过程中，他恢复了理智，却无法原谅自己所做过的一切：

"This isn't your fault, you know. It really isn't. You'll get through this." Even though he has heard that phrase from every staff member—and frankly he has always hated it—he begins this day to believe it.

因为长期过量吸食毒品，儿童保护组织的工作人员不得不尽力帮助童兵摆脱毒瘾。在这个过程中，他们常常会精神崩溃、头痛，无论是醒着还是在梦里，都会常常想起战争的残酷：

"At night, some of them wake up from nightmares, sweating, screaming, and punching their own heads to drive out the images that continue to torment them even when they are no longer asleep."

他不敢睡觉，因为："I was afraid to fall asleep, but staying awake also brought back painful memories. Memories I sometimes wish I could wash away, even though I am aware that they are an important part of what my life is; who I am now. I stayed up all night, anxiously waiting for daylight, so that I could fully return to my new life, to rediscover happiness I had known as a child, the joy that had stayed alive inside me even through times when being alive itself became a burden. These days I live in three worlds：my dreams, and the experiences of my new life, which trigger memories from the past."

在联合国儿童基金会的帮助下，比亚接受了心理治疗。在工作人员的不断努力下，他终于摆脱了毒瘾，克服了心理阴影，原谅了自己，回归正常人的生活。他曾经代表狮子山的儿童发言，让全世界正视非洲童兵问题的严重性，但当他认为自己可以永远摆脱战争时，塞拉利昂的首都——弗里敦，也陷入了战局。比亚不想回到以前的生活，只好离开家乡搬到美国，重新开始新的人生。在这个悲剧的背景下，比亚有了值得我们欣慰的结局。但是，还有很多童军，根本没有机会离开军队，即使是得到过救助，但最后还是回到了军队中。

比亚的回忆录只不过为我们揭开了冰山一角，真实情况或许还要恶劣千百倍。无论是衣衫褴褛背着 AK-47 的，还是穿着帅气军装开着坦克的，都可能只是一群孩子。

《长路漫漫：一个童兵的回忆》是一本朴实、真诚的作品，揭露了战争的残酷事实：一个本应有童年的孩子经历了不算是童年的回忆。作者的叙述文字也许并不十分华丽，但故事本身足以让每个阅读者的内心受到震撼。因为身处绝路，所以才会拼命寻找出路，因为见过丑恶，所以更加热爱美好。幸福是易碎品，有了就要好好珍惜。

陪伴我们的北冰洋

马雪侨

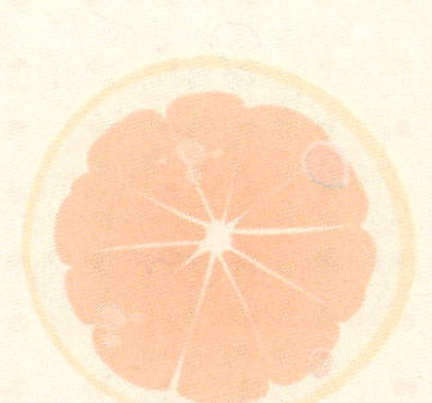

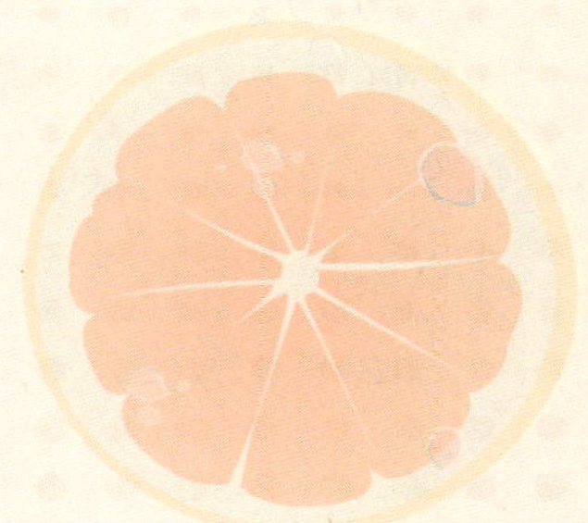

这是一个陪伴我们多年的老国货品牌的故事，故事的主角叫“北冰洋”。

1979 年初春，冬去未远，寒意还时不时地侵袭着中国大地。这一年的大年初一，中国人正沉浸在新年喜庆的气氛中。下午 3 时 5 分，上海电视台播放了一条参桂补酒的广告，这是中国电视史上的第一条商业广告。一些敏感的人已经察觉到了中国正在经历的变化。

这一年，北京和平门重新挂上了全聚德烤鸭的老字号招牌，外国商人们开始试探着进入神秘的东方市场，可口可乐也悄然回到了中国。这是可口可乐自 1949 年离开中国后，第一次重新回归，这一次第一批可乐被投放在北京。当时，美国人在八达岭长城上拍下了一张照片，中国的一个年轻人手持一瓶可口可乐站在长城前，面带羞涩的微笑。这张照片随后被刊登在美国《时代》周刊的封面上。

在此之前，可口可乐试图开拓苏联市场，遭遇劲敌百事可乐，以失败告终。这一次，外商终于可以骄傲地向世界宣布，可口可乐进入了市场庞大、人口众多的社会主义国家。但摆在可口可乐面前的并不是一条繁花似锦的道路，中国人还是将它杀了个措手不及。离场 30 年，外商没想到，在北京人的心目中，“汽水”二字已经有了别称——北冰洋。当时，北冰洋就是汽水，汽水就是北冰洋。

让北冰洋真正走进全国大众视野的，是 1983 年春晚。1983 年，第一届春晚由王景愚、刘晓庆、马季和姜昆一起主持，当时下面坐的全是演员，每个人的面前都摆了一瓶北冰洋。北冰洋瞬间红遍了大街小巷，外地人去北京旅行，都得手握一瓶北冰洋拍张合影。

除了北冰洋，北京还有北城生产的冰川汽水和崇文区的天坛汽水，后两者多添加香精色素，业内俗称“三精水”，属于低端汽水，口碑较差。

北冰洋的优势在于它是一款真正的果汁汽水，汽水中加入了新鲜研磨的橘酱和从橘子皮里提取的橘油。要是细细看，北冰洋的汁是浊的，轻微晃动后，橘茸会上浮后下沉。“北冰洋才有真东西”，这是大家对这款汽水的最高评价。

北冰洋汽水每天的产量是 84 万瓶，生产线 24 小时不停，依然满足不了大众的需求。当时一个家庭的月开销才四五十元，北冰洋从一瓶一毛五分钱涨到五毛钱，又涨到一块钱，最后还是供不应求的脱销状态。

在北冰洋汽水高歌猛进的这几年，全国各地都出现了自己的本土汽水品牌。根本原因是当时的汽水都用玻璃瓶装，远距离运输受限，很难辐射到更远的地方，再加上各省都想扶持自己的汽水产业，中国汽水迎来了百家争鸣的局面。其中经营最好的是天津山海关汽水、上海正广和汽水、武汉饮料二厂、天府可乐、崂山汽水、广州亚洲汽水和沈阳八王寺汽水，这些汽水厂牢牢握住了中国人的夏天。

1985 年，北京市北冰洋食品公司的产值突破了一亿元人民币的大关，其中净利润也达到了 1300 万元。起手就抓了一把王炸，大家都以为这是国产饮料产业的幸福开始，谁也没想到这一幕却是最后的辉煌。

《诗经》有云：兄弟阋于墙，外御其侮。中国汽水行业的蓬勃发展，让不少外资企业眼红，对中国市场虎视眈眈的可口可乐、百事可乐最先动了心思。

在改革开放的政策下，国营企业与外资联姻，合资建厂开始成为潮流。同年，为响应国家政策，北冰洋食品公司决定引进外资，成立了百事—北冰洋饮料有限公司。见识到洋品牌先进的管理理念后，本着更好地发展、更好地学习、更好地走出国门的目的，原轻工部以行政命令的方式先后强制天府可乐、广州亚洲汽水、崂山可乐等中国八大饮料企业与百事可乐或者可口可乐两家合资。

北冰洋和百事公司签署了一份长达 15 年的合作协议。协议中写明中方投资 370 万美元，美方投资 840 万美元，北冰洋汽水配方及雪山白熊的商标使用权由合资公司有偿使用，解决北冰洋老员工的就业问题，并照常生产北冰洋汽水。然而合同一落袋，由于美方投资占比远高于中方，股份更多，所以经营方针上，都是百事公司的高层在做决定。那时，北冰洋品牌变成了合资公司的傀儡，百事只准北冰洋生产少量大桶纯净水，饮料生产线全部生产百事的七喜和美年达。

同样的一幕也发生在广州。1993 年，与百事公司合资的亚洲汽水也遭到了大规模减产。本土可乐品牌天府可乐与百事合资前，在中国有 108 个罐装厂，市场占有率高达 75% ，而合资六年后，市面上再也难觅天府可乐的身影。在可口、百事两家公司先合资控股，再将合作方踢出局的运作模式下，当年的中国汽水八大厂全部销声匿迹。此后，国内 80% 的汽水厂都变成了国际饮料的罐装厂，丧失了自己的产品和品牌，而合资的企业还顺手获得了国产品牌费尽力气打造的遍布全中国的销售网络渠道，享受到了国企的税收优惠政策。

1996 年，连年亏损、被合资公司抽干了所有血液的北冰洋汽水宣告彻底停产，风靡了半个多世纪的国产品牌“北冰洋”也被雪藏。外资几乎兵不血刃，屠尽了中国饮料公司。等人们琢磨过来自己生活中缺少了什么的时候，时间已经过去了 11 年。

2007 年，中国开始就收回北冰洋品牌同百事公司展开谈判，经过艰苦的交涉，中方最终以“ 4 年内不得以北冰洋品牌生产任何碳酸饮料”为条件，收回了北冰洋品牌的经营权。时过境迁，品牌虽然收回来了，但是北冰洋已经停产多年，原先的老师傅、老技工全都年事已高，厂区生产线也不复存在了。

但这都是小事，北冰洋品牌能回来，一切就都有希望。

2008 年，同样是食品行业老字号的义利开始托管北冰洋品牌。这家以生产大果子面包、威化巧克力闻名的食品厂开始了寻味北冰洋之旅。义利的老板李奇和总工程师邢慧明一致决定，北冰洋一定要恢复当年的老口味。邢慧明做面包虽然有几十年的经验，但对汽水这种碳酸饮料可以说是一窍不通。

幸运的是，他带着研发小组在北冰洋的仓库中找到了当年由技术科保留的档案，北冰洋的配方就抄在白纸上，装在蓝色塑料皮文件夹里，文件夹上注有：保管期限，永久；密级，秘密。乍一看，北冰洋的配方内容没什么特别的，只有水、二氧化碳、浓缩橘汁、橘油、白砂糖和添加剂果葡糖浆、柠檬酸等。可实际上，北冰洋汽水的秘诀在于各种原料的比例、酸甜配比以及调香。

一般来说，一款饮料的口味由背后的香精决定，采用什么样的香精，就会产生什么样的味道。但北冰洋采用了另一种调制方式，它的味道取决于橘子本身，而不是香精。根据老员工的回忆，当年北冰洋用的橘子是定制的。当时挑选的橘子是生长于三峡流域一百公里沿岸的大红袍品种，那时候每年 12 月中旬，当地橘园收割后，北冰洋厂就把橘子从四川万州用火车拉到北京。

冬天汽水的产量较少，工人可以腾出工夫来，用手剥橘子，制作浓缩橘汁。橘油靠高速离心机从橘子皮里榨出来，橘油是最精贵的部分，一吨橘子只能出六公斤橘油。冬季工人们准备的浓缩橘汁和橘油就会用于生产下一年的汽水。十多年过去，北冰洋设在万州的橘子加工厂早已不见踪迹。厂子没了可以再建，但令人头疼的是，因为多年后温度、湿度的改变，当年的橘子品种再也找不回来了。

老北冰洋被人记住的，是入口后留在喉咙的橘子香气。

红橘品种变了，用香精能还原口味却无法还原橘子的香味，用天然橘油也有问题，橘油的稳定性差，很难溶进水里，当时的办法是用乳化剂，但加上乳化剂又会影响风味。

北冰洋回归之路中断了。

没想到，2010 年，一台新引进的设备解决了所有问题。南京轻工业机械集团的老板当年在北冰洋实习过，出于对北冰洋的情怀，他用低于德国报价一半的金额将最先进的设备出售给了义利集团，当年北冰洋的老员工马迁的公司则提供了制冷配套设备。最先进的设备带来了重要突破——不溶于水的橘油可以用高剪切乳化机分割成非常小的颗粒，再搭配少量的乳化剂，两者固、液相融，既不影响风味，橘油又能溶进水中，难题迎刃而解。一模一样的北冰洋终于要回来了。

工人们找到当时北冰洋的车间主任、老员工、老街坊，还找了一批年轻人，请他们逐一试喝，根据建议调整配方。旧时的“橙橘香气、气足沙口”是不可动摇的标准。

2011 年 9 月，第一批北冰洋样品生产出来，这一次的北冰洋汽水还是原来的味道，但焕然一新。新版的北冰洋可以做到开瓶 12 小时后，仍然有大量气体溶在水中。开启一夜后，第二天喝到的仍然是汽水而不是糖水。这个难题被攻克，北冰洋团队的信心提升了一大截。新版北冰洋汽水上市前，义利公司在北京进行了小规模的试喝活动。

谁也拿不准 15 年过去，北京人到底对北冰洋还有多少记忆。在重新回归的北冰洋被推出厂门的前一夜，营销组的年轻同事用私人账号在微博写下了试喝时间和地点，没有任何其他营销，意外地获得了大批评论和转发。记者连夜打电话采访北冰洋负责人，语气中还带着责问：为什么你们不提前通知，导致所有人全没准备？

人类的大脑倾向于储存感觉，遗忘的都是细节。第二天所有赶去试喝现场的人喝完新版北冰洋，回微博发出的第一句感慨是：和小时候一模一样！没有任何水军，也没有任何推广，北京的报纸都不约而同用头版头条刊登了六个字：“北冰洋回来了”。

北冰洋汽水的回归只是民族品牌曲折发展的小小缩影。当年惨遭百事公司、可口公司商业屠戮的中国汽水七子，在千禧年后都陆续走上了国际诉讼的道路。2003 年，沈阳百年老品牌八王寺在美国组建了律师团队，与可口可乐打了三年官司，赢回了“八王寺”品牌。2002 年，广州亚洲汽水经过艰难谈判，终于结束了和百事可乐的合资关系，2009 年被另一家中国公司收购，重新成立了香雪亚洲饮料公司。2010 年，重庆天府可乐从百事公司收回了天府可乐配方，2013 年又收回了商标。这些官司都赢得很艰辛，老品牌重组复出备受珍惜，当年被吞并雪藏的中国饮料七子尝试着找回失去的市场。国产老品牌和中国胃的久别重逢，大家已经等了太久。

今天，国产品牌不再仅仅是物美价廉，而是品质和潮流的引领者；国产品牌的流行，不再仅仅是因为规模和成本优势，而是建立在消费者认可的基础之上。从这个角度来看，国产品牌在市场上绽放夺目光彩，是中国制造竞争力日益增强的证明，是供给侧结构性改革取得实效的体现。

如果说消费者需求的变化，为国产品牌开拓了新的发展空间，那么国产品牌的崛起，也在塑造着消费者的审美和文化追求。故宫文创产品爆款频现，陕西剪纸、遂昌龙粽等非遗伴手礼受到顾客青睐，让文物活了起来，让传统文化走进了日常生活。百雀羚、同仁堂等老字号主动拥抱潮流，让经典产品魅力重现，让东方美学得到年轻人的认同。新国货不仅满足了消费者日益多元的消费需求，也进一步激发起消费者内心的文化自信。就此而言，国产品牌乘势而上，既是一个“经济故事”，也是一个“文化故事”。

巴黎和会

郑玉玺

1. “两半社会”

大家晚上好，非常荣幸，可以为大家分享巴黎和会中国外交的这段历史。

五四运动已经过去100多年了，我先为大家梳理一下巴黎和会之前，有关中国“两半社会”（半殖民地半封建社会）的历史。

“两半社会”始于第一次鸦片战争，中英贸易导致中国贸易顺差非常之大，英国大量黄金流出致使英国很吃亏，而英国又没有合适的货物向中国输出，于是英国人就想到了卖鸦片。鸦片贸易对中国社会的伤害非常大，不只是对人的精神和肉体造成了摧残，也对中国的经济结构造成了破坏性的影响。道光皇帝派林则徐禁烟，中止鸦片贸易，英国发动侵略中国的鸦片战争，强迫清政府签订了丧权辱国的《南京条约》。

在签订这个条约之后，中国就沦为了半殖民地半封建社会，英国强占香港。第一次鸦片战争是1840—1842年，第二次鸦片战争是1856—1860年。第二次鸦片战争英法联军火烧圆明园之后，清政府痛定思痛，慈禧太后亲自推动了洋务运动，这时候出现了晚清四大名臣：曾国藩、李鸿章、左宗棠、张之洞。

从1861年开始的30年左右的一段时间基本上是清政府重拾国威的一个时期，历史上叫作同治中兴，太平天国运动被镇压，左宗棠西征新疆，曾纪泽完成了同俄国的谈判，收复了伊犁。这一段时期战事较少，冯子材在中法战争中也打出了风采，虽然最终越南承认法国是宗主国，但至少保住了台湾。在这之后，清朝又开始推进建设北洋水师，新建的北洋水师中，最有名的有两艘舰，一艘是镇远舰，一艘是定远舰，镇远舰是远东第一战舰，这艘船是德国人造的，炮由克虏伯公司建造，吨位大，战力非常强。在之后的30年间，中国跟日本在朝鲜方面发生的利益纠纷，演化成了甲午战争。

甲午战争的失败非常惨重。甲午战争后签订了《马关条约》，清政府要赔两亿三千万两白银。前面的第一次鸦片战争和第二次鸦片战争，赔款总额加起来几千万两，甲午战争一赔就是两亿三千万两。其实打到那个时候，日本也不行了，所以说两亿三千万两真的让日本填饱了肚子。此外，镇远舰还被日本俘获，编入了日本的舰队，参与了1905年的日俄战争。镇远舰被击毁之后又被拆解，放在东京的一个公园里展览，直到抗日战争胜利之后才运回中国，甲午战争对中国的伤害是非常巨大的。

甲午战争之后，清政府开始编练新军，在甲午战争结束之前的1894年，孙中山就成立了兴中会，而这边编练新军采用的也是西方的训练模式。1900年八国联军侵华，与清政府签订了《辛丑条约》，这个条约要求清政府赔款四亿五千万两白银，并且两年内禁止中国进口军火，要求中国将来不得有抗外行为。《辛丑条约》各种丧权辱国的条款，已经不仅仅是干涉中国内政，甚至达到了可以操纵中国内政的程度。那个时候，清政府每年收入8800万两白银，支出1.1亿两白银，大家可以估算四亿五千万两白银什么时候才能还完，所以《辛丑条约》是对中国伤害最大的。在《辛丑条约》签订之后的1905年，爆发了前面说过的日俄战争，日本人打赢了。此后，清政府推进君主立宪，于1909年开始预备立宪。

1911年，辛亥革命爆发，辛亥革命的主要力量是新军，这就已经衍生出了后面的“中华民国”成立后的纷争。当时，新军先是在武昌爆发起义，但是临时政府在南京，因为要袁世凯逼宣统皇帝（溥仪）退位，袁世凯就和孙中山谈判，如果他让宣统退位，孙中山就必须辞职。宣统退位后，孙中山果然辞职了，临时政府也在1913年从南京迁往北京，第一任大总统是袁世凯。袁世凯想，既然我当总统了，一切就都应该听我的。他对共和体制不了解，他只知道全中国都想共和，当时要组建国会，投票选出的候任国务总理是国民党的元勋宋教仁，这对袁世凯非常不利，因为宋教仁是坚定的共和路线拥护者。宋教仁 1913 年刚到北京就被刺杀了，到底是谁下的手，到现在还是一个谜。这时候孙中山开始了二次革命，二次革命之后袁世凯还是保住了自己的政治地位，1915 年袁世凯称帝，起了名字叫“中华帝国”，然后蔡锷发起了复国运动。

1911 年辛亥革命之后，中国依然处在一个纷争频仍的阶段，并且形成了非常明显的三方力量，一方面是袁世凯，一方面是南方的革命党，还有一方面是帝国主义列强。大家想想“两半社会”的特征是什么呢？说白了，就是失去了主权，失去了很多的权益。第三方帝国主义列强中，不同阵营的列强为了自己的权益，跟不同的军阀建立联系，这就是当时中国的情况。

可以说，民国初年的内政是非常糟糕的。后世无论是历史书还是民间对这段时期的评价都是非常糟糕、非常混乱、非常困难的，老百姓过着很苦的日子。

2. 北洋政府的准备

讲到巴黎和会，通常我们在历史书上接触到的版本是，1918 年，第一次世界大战结束，各国列强在巴黎开会，决定怎么分赃，也就是对战后的世界政治格局做出安排。中国作为战胜国，也是协约国的一分子，自然也要参会。

我们大多数人了解的版本是，中国在巴黎和会刚开始的时候全力争取战败国德国在山东，包括胶州湾的一些权益，但是巴黎和会最后的结果却是把那些权益转让给了日本人。大家当然就不干了，这就爆发了五四运动。在这种情况下，大家一定认为北洋政府无识无能又无谋，跟外国打仗打不过，内斗非常在行。但是我们重新审视历史的时候，如果把镜头推近一点的话，就可以看到更多的细节，就会发现好像不是这么一回事。

我对于巴黎和会最深刻的印象来自电影《我的 1919》。陈道明先生扮演顾维钧，顾维钧是代表中国参加巴黎和会的一个著名外交官，他曾经说，中国人不能没有山东，就像西方人不能没有耶路撒冷。据说，这句话第二天就传遍了整个巴黎新闻界，到处都有人给中国人竖大拇指，说中国外交官好样的，但是顾维钧在当时有没有说这句话就不得而知了，在当时的会议记录上没有发现这句话。所以说，很多时候历史可能会被情绪定格，未必是全部的真相。就像前面说的，巴黎和会让中国人彻底看清了北洋政府的真正面目，但北洋政府是不是真的像前面说的“无识无能又无谋”呢？

我们先看看，其实民国初年，民国政府是挽回了不少权益的。比如说在西藏，当时英国人图谋要画一条“麦克马洪线”，袁世凯用高超的外交技巧驳回了英国人在西姆拉会议上提出的动议。还有臭名昭著的“二十一条”，袁世凯虽然签了字，但是袁世凯答应的“二十一条”和日本人原先提出的“二十一条”完全不是一回事，所以说，袁世凯也是用了他的智慧，穷尽了一切外交手段，为中国争取到了一些外交权益。这一点可以参考日本方面的史料。当时“二十一条”签完之后，日本外相加藤高明直接辞职，原因是交涉结果达不到日本人的预期，在日本政界看来，签订“二十一条”是一次失败的外交，日本人特别恨袁世凯。后来袁世凯称帝，日本人也是反对得最激烈的，这其实就间接地推动了蔡锷的护国运动。护国运动当然是一次正义的运动，但是当时日本人给了军费，因为日本人恨袁世凯。袁世凯死之前说：“为日本去一大敌，看中国再造共和。”也就是说，袁世凯对称帝是非常后悔的，但是在外交上，不能说袁世凯是无能之辈。

接下来我们讨论“无识”，什么叫“无识”呢？就是他们到底有没有见识，能不能抓住历史上那种稍纵即逝的机会。从这方面看，北洋政府做的还是可以的。1919 年，俄国发生 10 月革命，北洋政府抓住了这个历史机遇，组织了一支远征军长途奔袭外蒙古，恢复了对外蒙古的统治，这可以说是非常厉害的。远征军的军费是谁出的呢？这次的军费又是日本人出的。当时段祺瑞跟日本人签订了一个“西原大借款”，一共借了一亿四千五百万日元。日本人为什么要借呢？因为段祺瑞把山东铁路、车站、码头的利权抵押给了日本人。中国人会有这样一个疑问：段祺瑞为了筹集军费收复外蒙古，就可以把山东的这些利权抵押给日本人吗？从当时的回忆录中可以看出，段祺瑞曾经亲口跟当时的总统冯国璋说，他从来没打算还这笔钱，因为他用的就是日本人嘴里叼着的山东权益这块肉。结果是 1927 年南方的革命政府北伐成功，北洋政府欠了债，当然就不会还了。当时日本有一个大银行因为段祺瑞不还钱差点破产，所以当时日本的新闻界认为这次借款行为是丧权辱国的。

我们能说北洋政府“无谋”吗？其实北洋政府还是有一些智慧的。这里我们再讲一下山东问题，山东问题是怎么来的呢？1898 年，德国借口一个传教士在山东被杀，强占了胶州湾，就把青岛当作自己的殖民地。1914 年，第一次世界大战爆发，德国跟协约国开战，日本顺势向德国宣战，但日本离德国这么远，怎么打呢？日本开始打在山东的德国人。这时候是 1914 年，又出现了日俄战争那样的闹剧，日本跟德国在中国山东打，很多人说袁世凯窝囊，但当时袁世凯问山东的督军如果我们跟日本人打起来，估计可以守几天，督军说只能守七天，袁世凯就划了一个行军区，表示日本跟德国可以在这个地方行军，但是别打扰到我们，最后的结果是日本人把德国人撵走了。我们这里应该注意，日本是属于协约国的，而德国是协约国的敌人，日本人把德国人撵走了，就取代了德国人在山东的地位。所以说，当时的局面是，如果中国可以参加一战的话，无论是山东问题，还是《辛丑条约》，或许都可以有一些转机。在当时的情况下，1914 年，欧洲那边第一次世界大战刚刚开始，中国就有一批外交家认认真真地开始研究战后问题了。所以在巴黎和会的时候，社会舆论说，北洋政府完全没有为巴黎和会做准备，或者说准备得非常少，其实并不符合事实。1914 年，日本跟德国在山东打的时候，北洋政府已经开始准备参加战后会议了。当然，那时候还不知道会有一个巴黎和会，但是知道一战结束之后一定会召开一个会议重新分配利益。当时，中国人很明确地知道只有协约国胜利，山东才能拿得回来，所以说中国至少提前了 4 年准备参加巴黎和会。当时，中国的外交总长陆征祥被袁世凯紧急召回国内，主持了一个会议。

在第一次世界大战持续的 4 年间，北洋政府没有闲着，至少干了三件事。请大家注意，虽然当时内政非常混乱，内战频繁，但在这样的情况下，北洋政府还是干了三件事：第一件事就是陆征祥主持的这个会议，在这个会议上，中国的外交官系统地研究了国际法的先例和惯例，进行了很多案头工作，找到理据，为以后中国人可以在和会上争得更多的权利做准备。第二件事就是非常坚定地主张参战，最坚定的就是段祺瑞，其实当时的总统黎元洪不同意，在段祺瑞的强烈坚持下，中国坚决参战。为什么中国在实力弱小的时候还要坚持参战呢？因为如果中国参战的话，就可以拿到巴黎和会的入场券。中国虽然没派多少兵，只是派了一些华工过去，最后也顺利地拿到了这个门票。第三件事就是联络美国，看中美国是太平洋地区的一个新兴大国，它将来肯定是有发言权的，并且当时的总统威尔逊，一直到今天都是美国历史上唯一一个获得哲学博士学位的总统，有强烈的理想主义色彩。作为一个大知识分子，威尔逊提出了很多和平建议，很有理想主义色彩，比如他提出创设国联，就是联合国的前身，这一点就非常适合中国，因为中国在那个时候比较弱小，中国人包括中国政府，都盼着公理，所以说中国人特别想跟美国人联合，希望美国人能在战后的和平会议上帮我们一把。美国也是愿意跟中国沟通的，因为它是一个新崛起的大国，它要在远东地区寻找一个战略伙伴，但这个伙伴明显不是日本，因为日本想独霸这片地区，所以美国就一定要跟中国联合起来。

1918 年，德国战败投降，第一次世界大战结束，消息传回国内，举国欢腾。因为中国很多年没打过胜仗，这次作为战胜国也打了一回胜仗，真是扬眉吐气。当时的社会舆论充满了乐观主义情绪，说要让琉球、台湾地区、香港地区、澳门地区全部回归祖国。当然，对于像陆征祥那样的职业外交家来说，他们不会有这些不切实际的目标，当时政府定的第一个目标就是在巴黎和会上废除《辛丑条约》，第二个目标才是山东问题。所以说当时中国的策略非常简单，一方面拉着日本人说，只要你支持我废除《辛丑条约》就行，山东问题可以以后再说；另外一方面就是联合美国人，希望美国人在巴黎和会上帮我们一把。当时北京还举行了盛大的阅兵式，北京所有的机关公务员都放假一天，就是为了给参加巴黎和会的外交官们送行，希望他们能胜利归来。

接下来，我们就讲一下代表中国出席巴黎和会的这个外交天团。这个天团里都有谁呢？第一个就是陆征祥，陆征祥是没有留过洋的，但他是从北京的同文馆毕业的，后来去荷兰担任大使，回国之后就被袁世凯任命为外交总长，在外交方面做出了非常多的贡献。第二个就是大名鼎鼎的顾维钧，顾维钧是一个地地道道喝洋墨水长大的人，他是从美国哥伦比亚大学法学院毕业的博士，在民国创建之后，他回国担任袁世凯的英文秘书兼外交秘书，并且参加了之后一系列重大外交事件，他还是民国第一任国务总理唐绍仪的女婿，所以说他是外交界的名门正派。第三个是施肇基，在参加巴黎和会的时候，他还是英国的公使，他虽然也没有留过洋，但他也是一个"老抗日英雄"，跟日本人来往过很多次，是一个非常有能力的人。我们可以看得出来，当时中国外交代表团的成员都是中国第一流的外交人才。

3. 巴黎和会，中国风采

中国外交天团出征了，这个联日联美、"左右逢源"的外交策略能够按照计划施行吗？当时，外交使团往东走，先是到了韩国的汉城，下一步就要去日本，计划先去给明治天皇扫墓，然后会见日本首相，接下来见日本天皇，等等。但陆征祥刚到韩国就病了，去不成日本了。当时的情况是，美国人插了一杠子，美国人在中国外交使团出征之后就跟陆征祥说："你不要脚踏两只船，因为日本人有可能是我们以后潜在的敌人。"外交天团迫于无奈，就把外交政策突然从联日联美变成了联美制日，跟着美国一起对抗日本。

巴黎和会其实是一次一塌糊涂的会议，战胜国都心怀鬼胎，几乎没有一致的利益。英国人觉得他们才是老大，他们要保持旧日的荣光；法国人的目的就是把德国踩在脚下，让他们以后永世不得翻身；日本人的目的就是亚洲要归亚洲人管，说白了就是归日本管。中国代表团开始的时候心气很高，因为他们之前收到很多列强的承诺，对巴黎和会、《辛丑条约》，还有山东问题还是比较有信心的。但是，在列强们看来，中国问题只是一个非常边缘的问题。中国代表团的位置和地位都非常低，举个例子，英、法、美、日、意这五个国家，每个国家都可以出席五名代表，连巴西都有三名代表，但中国只有两名代表被允许进入会场。当时，北洋政府总统徐世昌给陆征祥想出了个点子，在出发之前就给了他很多勋章，然后说："你去到巴黎和会，看到那个大总统、大首相、大总理，你就给他发勋章，显示中华民国跟他们在外交地位上是对等的。"他们没想到发勋章给别人，别人都不要，碰了一鼻子灰。但是，在这个过程中，外交天团了解到应该把外交目标定低一点，废除《辛丑条约》的目标是不太可能实现的，所以就把目标聚焦在山东问题上。

1 月 27 日，机会来了，当时战胜国正在讨论怎么瓜分德国留下的殖民地问题，讨论到中国山东问题的时候，联美策略的好处就体现出来了，当时中国还没有机会参会，美国的威尔逊总统说"中国、山东是一起的，应该让中国代表团参加一下"。日本人一想，参加就参加吧，于是就同意了。1 月 28 日，中国代表团获得了整个巴黎和会期间几乎是唯一一次在公开的正式场合为自己的利益申辩的机会。于是，中国代表团在申辩时，提出了山东问题，提出这个问题对日本人来说算是一次偷袭，因为之前已经和日本人说好谈《辛丑条约》，不提山东问题，山东问题先放一放。于是日本人提出，山东的权益应该从德国转交给日本，原因有三条：第一条，山东是日本人流血流汗打下来的。第二条，列强曾许给日本，如果不把德国人在山东的权益转交给日本，那日本人为什么要死这么多人呢？第三条，日本人提出，他们跟中国人之间有所谓的“中日密约”，也就是说山东是中国人同意给日本的，所以说没有问题。

就在这个时候，顾维钧作为一个职业外交家的水平就体现出来了。他提出了下面几条：第一条，所谓的“中日密约”确实是签了，但是对不起，国际法上有一条叫“武力胁迫原则”，在武力胁迫下签的协定不算；第二条，就算有这么一个协约，那也是在大战中的一个临时安排，既然我们现在开巴黎和会，就应该对这些利益进行重新安排；第三条，国际上有“形势变迁原则”，就是说打仗之后，很多形势发生变化，比如说原来中国把权益给德国，现在因为要跟德国宣战，所以原来给德国的那些权益已经都作废了，跟德国签的所有条约都应该作废，你们日本怎么可能从德国手里继承这些权益？

顾维钧的发言，用当时新闻界的评论叫作“灵猫戏鼠”，让日本人当场哑口无言。当时，日本驻中国公使就像疯了一样，到处找中国外交部的人算账，说：你们中国人怎么出尔反尔呢？不是说好了山东问题先搁置一下，怎么在巴黎和会就提出来？中国人当然没有搭理他们，因为中国铁了心，要把山东权益给收回来。那么，日本人是怎么应对的呢？日本人知道中国的外交天团当时在联美，而且因为威尔逊总统要建立国联，他们就提出在国联的宪章里面加一条，叫“全世界种族一律平等”。日本人认为，东方民族被西方白人欺负了那么多年，他们的主张符合美国人“公理战胜强权”的理念。不要小看这一条，这恰恰就是威尔逊的死穴，因为威尔逊是一个典型的种族主义者，他看不起黑人，并且其他准备参加国联的国家，包括英国、法国等在内，在世界各地还都保有殖民地，如果把种族平等写入宪章，大家面子上都不好看，所以威尔逊就想不出办法了，大家都想不出办法。于是日本人说：我们是不是可以重新谈一谈山东问题？当时日本作为一个强国，可以用各种条件交换利益，来达成自己的目的。而中国，在当时作为一个弱国，根本没什么利益可以跟别人交换，所以说这是一个“弱国无外交”的典型案例。

4 月 30 日，列强已经把这案子给秘密敲定了。中国新闻界得知这个消息后，整个中国就开始了如火如荼的请愿和游行，反对签署巴黎和会的协议。在当时的情况下，签不签这个协议都已经成了问题。我们都知道外交天团最后没有签这个协议。我们现在也认为，这个协议是不能签的，中国作为一个战胜国，却被要求把山东的权益转交给日本，这种协议怎么能签呢？当时的学生、请愿团都给政府施加了巨大的压力，北大的学生施加的压力尤其大，因为北洋政府在北京，北大的学生离得最近。但是，百年之后我们再来看这个问题，到底应不应该签呢？我们除了情绪方面无法接受，从“两半社会”的历史原因上来说也无法接受，第三个无法接受的原因是，如果签了这个协议，日本可能就在山东扎根了，日本对中国的危害可能是很难挽回的。

如果不签的话，会造成什么样的后果呢？当时的外交家分析了四点：第一点，山东的权益，在当时其实已经被日本人控制了，就算不签，也改变不了现状，只能是一个情绪上的表达，对于真实的外交利益没有帮助。第二点，当时是列强做主，所有协约国都要签字，中国当时比较弱小，在有其他战胜国见证的情况下，如果以后哪个协约国不根据这个协议做事，中国就可以讨说法。当时山东的权益在日本的手里，但这个问题是包含在一个国际关系里面的，是一个战胜国的姿态问题。如果不签，中国可能从此就被定位在这个国际条约体系之外了。如果此后中国和日本发生任何问题，中国都要单独面对日本，就算美国人想帮忙也没办法说一句话。第三点，在打完第一次世界大战之后，巴黎和会有一个很重要的目标，就是建立国联，如果中国不签字，就不能加入国联，今后的国际体系中也没有中国的位置。第四点，巴黎和会的其他好处中国也是拿不到的，比如说德国的战争赔款，取消德国对华的特权，这些利益也拿不到。如果没有签这个字的话，原来德国对中国的这些不平等条约还得继续执行，比如说《辛丑条约》规定给德国的赔款还得继续支付。

4. 启示

百年之后，我们再去想巴黎和会，再去想最后的拒签问题，我们可以感受到北洋政府的无奈，可以感受到北洋政府在“两半社会”几十年之后，在中国作为弱国的情况下做出的努力。但是，我们感受最深的是什么呢？是弱国无外交。

落后就要挨打，尽管我们的外交家们做了最好的准备，在巴黎和会上也做出了一切可能的应对，但还是败给了“弱国无外交”。这场巴黎和会催生了五四运动，中国的进步人士进一步认识到，要在世界上有地位，就要建设强大的国家，实现中华民族伟大复兴。

永志不忘，澳新军团日

刘光杰

4月25日是澳大利亚最重要的节日之一——Anzac Day（澳新军团日）。我想借此机会，跟大家一起分享这个节日的由来和相关的知识，有什么不准确的地方，也希望各位领导和同事指正。

对澳大利亚人来说，澳新军团日是一个非常特殊的日子。人们通常为了纪念战争胜利而放假，澳大利亚则纪念一个战败的日子，因为这一天带给澳大利亚的是国家意识的凝聚与成型。

Anzac（澳新军团）是澳大利亚和新西兰军团的缩写，全称是Australian and New Zealand Army Corpse。Anzac Day源于一战中的加里波利战役。一个世纪以前的澳大利亚，虽然已经具有一个国家的规模，但是大多数人还是仰望英国为宗主国。1914年8月4日，英国对德国宣战后，澳大利亚虽然地处偏远，但依然全力支援英国。于是澳大利亚和新西兰也参加了战役，支持它们的宗主国。

1915年4月，澳新军团前往土耳其的加里波利半岛，与英军联合作战，目标是打通进入黑海的门户，占领奥斯曼帝国的首府君士坦丁堡。4月25日，澳新军团登陆加里波利，由于导航发生错误，使得登陆地点偏离预定地点一英里，导致没能在预期的海滩和缓坡靠岸，不得不在陡崖处强行登陆。这一失误使得数量较少的土耳其防军处于极大的优势地位，澳大利亚和新西兰军团在这场战役中损失惨重。事实上，因为没有实战经验，澳新军团在编制上属于后勤支援，在战场上的主要工作应该是挖战壕、搬运物资，而不是战斗主力（这也是澳大利亚军人昵称Diggers沿用至今的原因）。双方僵持了八个月后，澳新军团最终撤退，总共有8709名军人牺牲。这是澳大利亚第一次大规模军事行动，也是伤亡率最高的一次。值得一提的是，在41万多名参加一战的澳大利亚人中有超过1000人是原住民，约

400 人被认为有华裔血统。据记载，当时澳大利亚军队中有一名出色的华裔狙击手叫 Billy Shen，他在加里波利战役中杀敌 200 余人，获得了包括一枚杰出表现勋章在内的诸多荣誉。

从 1915 年开始，4 月 25 日就陆续被澳大利亚、新西兰、英国、加拿大等国定为 Anzac Day，澳大利亚每年的纪念活动尤其盛大。作为战争纪念日，Anzac Day 刻进了每一个澳大利亚人的内心深处，甚至在很多人的心里，这个节日的意义早已经超越了 1788 年第一支舰艇登陆悉尼港和 1901 年澳大利亚建国的意义，这个日子成为澳大利亚人心中的阵亡将士纪念日。从 1920 年的 4 月 25 日拂晓开始，全国的战争纪念馆都会举行庄重和传统的纪念仪式。破晓前，各个纪念碑周围都会聚集起前来缅怀逝者的上千民众。

Anzac 纪念仪式在清晨举行，是因为澳新军团登陆加里波利半岛的时候，是在黎明破晓前。战争结束后，参加过战争的士兵经常一起回想当天太阳升起前那一刻的寂静。仪式结束时，乐队奏起 *The Last Post* 最后一章，退伍老兵们全体默哀。这支短曲奏响，意味着一天的军事活动已经结束，这支曲子被用于军人的葬礼和悼念仪式，表示死亡将士们的职责已经完成，现在是他们安息的时候了。同时，各大城市通常会举行游行活动，向英勇保卫国家的军人们致敬。游行队伍一般由老兵打头阵，各军种的现役军人代表、退伍军人后代、军乐队等都会在队伍之中，沿着城市主要道路前进，接受路旁民众的欢呼和支持。

提到 Anzac Day，有两样东西是一定要说的，一个是 Red Poppy（红色罂粟花），很多澳大利亚人这一天都会在上衣的衣领或是胸口上佩戴一朵红色的小花，表示对军人的崇高敬意。一战期间，加拿大的一名军医，奉命前往法国参加一位阵亡朋友的葬礼，他目睹了战场的惨状。在好友下葬的地方，大片鲜红色的罂粟花随风摇曳，仿佛意味着血的洗礼下的重生，他抑制不住悲伤和激动，在一张碎纸片上写下了 13 行诗句后随手扔掉。

一名年轻士兵拾起了纸片，把它寄给了英国的杂志，这首诗就此成为名作。这首诗道出了千千万万战士的心声，很快便以民歌的形式在前线和后方广为流传。自那以后，红色罂粟花成为一战主要参战国纪念阵亡将士和祈祷世界和平的重要象征。顺便提一下，虽然一般中文媒体都把 Red Poppy 翻译成红色罂粟花，但它的学名应该是代表着生离死别与悲歌的虞美人花，与罂粟花同属一科，但并不一样。

另一个要提到的是 Anzac 饼干，在 Anzac Day 前夕，超市里都会促销大卖这种饼干。据说一战期间，许多女性在家烘焙用燕麦、黄油、面粉制作的饼干，寄给海外的士兵们，由于路程遥远，所以传统的 Anzac 饼干里不含鸡蛋，这样才能储存较长时间。这种饼干的传统吃法是在茶里泡一下再吃。战争期间，士兵们把饼干掰开，用水泡成粥再食用。如今这种饼干的味道一定比百年前更香甜。当然，它也不是 Anzac Day 的专利，而是澳大利亚随处可以买到的零食甜点。

几乎澳大利亚的每一个城镇都会有一座战争纪念碑缅怀参战老兵，纪念碑上刻的是牺牲军人以及战后回到家乡军人的姓名，首都堪培拉的澳大利亚战争纪念馆内也为此设有专区。另外，自 2006 年起，Anzac Day 游行也被记录在民族遗产内。

Lest we forget 是 Anzac Day 最常见的一句话，很多纪念碑和军人雕塑下都会见到这句誓言，翻译成中文的意思是："我们永志不忘。"它提醒人们永远记得这些为国牺牲的烈士，以及战争带来的巨大伤害。战争留下的是鲜血，是满目的疮痍，是毁于一旦的家园，更是永远无法弥补的伤痛。

如今，战火已经消散，Anzac Day 的内涵也超出了其字面的含义，成为纪念所有在军事行动中牺牲的澳大利亚人的日子。纪念为世界和平和安宁做出贡献的先驱们，令我们更加珍惜当下所拥有的宁静生活。这也许就是这个纪念日存在的意义，让我们在铭记历史的同时感恩现在。

中国偶像产业与粉丝经济

张琬愉

有关中国偶像产业与粉丝经济的故事，要从几年前的政策变化开始说起。随着广电系统政策不断收紧，方向不断调整，比如禁低龄演员、古装剧整改等，文娱产业子板块中的影、剧、综，也就是电影、电视剧、综艺三者呈现争抢收视率的态势。在这三者的竞争中，综艺板块相对来说有着诸多优势，它受到的监管调整最小，内容不拘泥于形式，制作周期短，投资期短且回报快。此时尴尬又急于寻找出路的资本，便开始跳出电影与电视剧，逐渐向综艺板块倾斜。

2015—2019 年，传统电视媒体发展疲软，网络综艺每年的投资都保持着 30% 的增长额，投资规模在 2015 年的 10 亿元基础上连年翻番，到 2021 年竟然达到了惊人的 100 多亿元。谁也想不到原来行业中处于最下层的综艺板块，竟然能在如此短的时间内逆风翻盘。不知道大家是否看过《奔跑吧兄弟》和《极限挑战》等火爆全网的综艺节目，相对于电视、电影，综艺带来了更多的话题和更高的讨论度，时常刷爆微博评论。

推动综艺节目逆势崛起的另外一股力量是选秀节目。回忆我的小学、初中、高中年代，中国选秀市场除了 2004 年的《超级女声》曾昙花一现，选秀产业没几档节目让人耳熟能详，身边的同学多痴迷于日韩偶像，收集的海报、贴纸、相册被班主任没收了不少，日韩偶像收割了一大拨中国年轻观众。选秀综艺之所以大获全胜，主要是因为戳中了观众以下几个痛点。

第一点是选秀综艺为观众带来了参与感和满足感，也就是观众通过参与投票，可以产生一种主导节目走向，甚至主导明星职业生涯的错觉。

第二点是观众从之前对明星的追求与崇拜转化成现在的一种养成感，选秀节目选手年轻化，会让粉丝有一种陪着偶像一起成长的感觉，例如日本养成少女团、国内近几年爆火的创造 101 系列和青春有你系列。

第三点是非常重要的一点，也就是选秀节目为社交媒体提供了话题。比如各种“吃瓜”，大多是导演安排好的剧本，可预见的话题，加上断章取义的剪辑，放大摩擦，增加关注度，也增加了节目效果。

网络综艺能横空出世，也是因为借鉴了海外成功综艺的模式，比如说《奔跑吧兄弟》《中国有嘻哈》，甚至是以弘扬中餐为主题的真人秀节目，都可以在海外找到原版。资本方和策划们发现海外引进还挺好用，便又试着从日韩引进了选秀节目，当然这也引起了是否侵权的讨论。韩国综艺的版权费虽然高昂，但是看到根据韩国综艺改编的作品在中国有如此之高的收视率，投资者们便慷慨解囊了。

日韩偶像产业确实曾经在亚洲领先，韩国造星产业的主要特点是标准化作业，经过数 10 年的发展，已经趋于成熟，比如 SM 公司捧红了 Super Junior 偶像团体，韩国娱乐圈背后的资本凭借精良的制作和高效的产出，从中国市场获取了可观的利润，同时进行了文化输出。

不过有意思的是，这几年韩国偶像团体在中国的声音越来越小，被肖战、蔡徐坤、王一博等为代表的本土偶像弯道超车。

2016 年，限韩令出台，韩国几大娱乐公司的中国业务直线下滑，比如前面提到的 SM 公司股价直接下跌 5.3%。从此，新的时代开始了，政策打击了韩国娱乐资本，中国粉丝的购买力不减，国内娱乐市场迎来重大利好。

前面提到过影剧综三个板块，资本们急于寻找出路，我们自己的造星产业在此时得到了喘息的机会。中国偶像产业随着选秀综艺崛起，蔡徐坤、杨超越等横空出世，中国偶像开始向东南亚辐射。缅甸、泰国、马来西亚、越南、菲律宾、印度尼西亚等国家开始出现我国偶像的粉丝群体，原本被日韩霸占的偶像市场上悄然崛起一股红色的力量，中国偶像市场被日韩偶像市场碾压的时代悄然结束。

新时代到来，我们说一下中国偶像产业幕后的资本，一是平台出品方，二是各种新兴经纪公司。我们所熟知的平台方腾讯、爱奇艺、优酷炒红了中国选秀网络综艺节目。调查显示，2017年中国有3000多家艺人经纪公司，2020年这个数字翻了将近4倍，达到11000多家。根据娱乐榜单，经纪公司的冠、亚军分别是王一博所在的乐华娱乐和“4000年美女”鞠婧祎所在的丝芭传媒。

这里不得不提一个传奇公司——哇唧唧哇娱乐有限公司，创始人龙丹妮的资本博弈要从十几年前的“快男快女”说起，上周刚结束的《创造营2021》作为国内第一档国际男团选秀节目，又收割了一大笔资本，就连对追星不怎么感兴趣的我也忍不住充值了20块钱一个月的腾讯会员进行投票。每年都有很多小经纪公司向腾讯等平台方输送优秀的参赛选手，选手出道后，归入龙丹妮的哇唧唧哇经纪公司。每年几十个人加入哇唧唧哇旗下，他们又能分到多少出场资源呢？粉丝们砸钱供出的偶像，大多数都在粗糙又浮躁的资本运营下慢慢没了热度。整个行业类似于VC（风险投资），广撒网、赌选手、赌赛道，老牌资本的艺人可能被某个摸到宝的新兴经纪公司的艺人打败，比如一鸣惊人的杨超越，正是这种不确定性促使各种大大小小的资本大浪淘沙。

说到粉丝群体，微博上“80后”的关注列表中有39%是明星，“00后”的关注列表中有63%是明星。对比“80后”和“90后”为自己的偶像转发评论点赞，“00后”为自己的偶像宣传的意愿更强。“80后”为追星支出最少，每个月追星花费200元以上的仅占14.8%，14.8%的“00后”追星族表示愿意为自己的偶像花费5000元以上。

说到粉丝，在资本的角逐下，职业粉丝越来越多，粉丝圈甚至出现了KPI考核，例如职业站姐，每天守候在艺人出入的公司门口，蹲拍最新街拍打榜应援，为粉丝圈提供物料，然后再把赚的钱投入到打榜中，圈子的快速发展也带来了负面效应。粉丝圈的互撕和长期控屏使公众反感。比如，之前肖战的粉丝丧失理智般地占用公共网络资源，产生了负面影响，许多粉丝群体仍需要正面引导。总的来说，粉丝圈确实存在问题，但是不可否认，粉丝对中国偶像产业的绝地反击确实起到了功不可没的作用。

所有资本、人力的投入，都是因为看中了某种体系下的盈利模式，行业里的各种人愿意参与，也是因为有利可图。消费源头上粉丝的贡献巨大，观众的购买转发点赞都是沧海一粟，大家需要量力而行。换个角度看，中国制造的健康文娱文化成功输出，才是增强文化自信、打造文化强国的必经之路。

说回到近期刚刚结束的综艺节目《创造营 2021》，中国、日本、泰国、俄罗斯、乌克兰等国家的选手进行角逐，最后由 4 种不同国籍的成员组成了中国史无前例的国际男团，进一步吸引了日本、泰国、越南、菲律宾、马来西亚、印度尼西亚等国家的粉丝群体。许多欧美国家的视频网站开始做我国选秀综艺节目的网络点评，播放量巨大，博主和评论区也都纷纷赞叹，中国现在也能制作出这样的东西了。

当然，当下艺人的素质仍有待提高，中国偶像距离扛起文化输出的大旗还有一定的差距。只有对粉丝圈层进行正向引导，规范从业人员的行为，偶像产业才会越来越健康。

最后我想说的是，希望大家正确看待偶像经济，看到它的正面意义，看到它对于文化输出的价值，同时要保持清醒的头脑，捂好钱包，脚踏实地，充实自己的精神世界，多关注一些真正对国家发展做出巨大贡献的模范人物。

《无穷的开始：世界进步的本源》读后感

王 军

《无穷的开始：世界进步的本源》一书的作者戴维·多伊奇是当代著名量子物理学家，1998 年获得英国物理学会的理论物理最高奖项——保罗·狄拉克奖，这个奖项主要用于奖励“理论物理（包括数学物理和计算物理）领域的杰出贡献”。2002 年，他因在量子计算机科学方面的理论工作获得第四届国际量子通信奖。他写的关于量子计算的论文奠定了该领域的基础，开辟了计算理论和物理学的新领域。

多伊奇是一位特别具有乐观主义精神的物理学家，喜欢从现代科学的角度理解世界的运转，有其独特的批判性和创新性思考，他是斯蒂芬·霍金的师弟，但他在本书中展现的许多观点和霍金是针锋相对的，非常有趣。

当你仰望闪闪发光的星星时，尽管看不到它的结构，你却知道它不是光点而是恒星；当你凝望波光粼粼的湖面时，尽管看不到水分子，你却知道水是由两个氢原子和一个氧原子构成。那你是否想过，人类到底是如何获得这些关于世界的知识的？

AI（人工智能）、量子通信卫星、基因技术……我们生活的时代科技发展日新月异，人类文明在持续、快速地取得新的进步。你是否想过，人类世界为什么会取得进步？进步有没有开端？会不会终结？

《无穷的开始：世界进步的本源》介绍了关于人类世界进步的理论。这部作品可以说是颠覆了传统的认识论观点，甚至可以说是一本野心勃勃的书，试图带领我们展开关于进步的哲学思考。这本书内容丰富，我重点挑了几个章节和一些核心词汇与大家分享。

首先应该明确几个重要词汇：

解释：关于现实中存在什么事物、其行为如何、怎样运作、为何会如此等的主张、陈述。

好解释：一种解释，很难改变并仍然能说明它声称能说明的事物。

坏解释：一种解释，很容易改变并仍然能说明它声称能说明的事物。

作者认为科学理论就是各种各样的解释，比如用地轴倾斜理论来对季节进行解释；对比古希腊神话故事对每年冬季到来的解释，来形象地说明好解释的正确和重要性。

观察：我们对任何东西都不是直接观察的，所有的观察都是理论负载的（观察者的知识对其知觉内容具有规范作用，观察会受到观察者先前具有的理论的影响）。一件事情，如果你只盯着它看，除了它本身之外你什么也看不到（所以，在去参观一些历史文化景点的时候，如果能提前做一些功课或者是过程中有优秀的导游讲解会让你更好地沉浸其中。在年少的时候，去文化底蕴深厚的地方游玩却没有用心去了解和体验，我是有些后悔的）。

人：根据作者的定义，人是一种能创建解释性知识的实体。能够创造和运用解释性知识，使人获得了改变自然的能力，这种能力不像其他所有的适应性那样从根本上受狭隘因素限制，而仅受普遍规律限制，这就是解释性理论以及人在宇宙层面上的重要性。

在思想火花迸发的过程中，放弃以人类为中心的理论，所得的收获非常丰硕，这曾经导致反人类中心主义被提升到普适法则的地位，它有时被称为“平庸原则”，其主张是人类（在宇宙万物中）完全不重要。如史蒂芬·霍金所说，人类“只是一个典型星系外缘绕着一颗典型恒星运转的一颗典型行星上的一堆化学渣滓”。“在宇宙万物中”这个附带条件是必需的，因为根据“化学渣滓们”应用于自身的价值观（如道德观）而言，他们的确显然有着特殊的重要性。

经过详细论证，就得到一条真理，对人类而言问题是不可避免的，而且由于人类改造自然的能力只受物理规律限制，层出不穷的问题中没有哪一个会成为无法逾越的障碍。因此，一条与人类和现实世界有关、与前一条真理同等重要的补充真理就是，问题是可以解决的。

进步既是可能实现的，也是值得追求的，这也许是启蒙运动的思想精髓。但它可以朝几乎对立的两个方向去解释，这两个方向都被称为“完美性”。其一是说，人类或人类社会能够达到所谓完美的状态——例如佛教或印度教的“极乐世界”，或者各式各样的政治乌托邦。其二是说，每种能够达到的状态都是可以无限改善的。易谬主义排除了第一种说法，而偏爱第二种说法。不管是特定的人类生存条件还是通常的解释性知识，都不会达到完美，甚至不能接近完美。

所以，我们将永远处在无穷的开始 。

进化，人类大脑和 DNA 分子都有许多功能，但其一般用途是充当信息储存介质：它们原则上可以存储各种类型的信息。生物适应性的进化与人类知识的创造有着深远的相似之处，但也存在重大差异。主要的相似之处是：基因和思想观念都是复制因子，知识和适应性都很难改变。主要差异是：人类知识是具备解释性的，并有着广阔的延伸范围；适应性不具备解释性，延伸范围很少超出它进化时所处的环境。

在第 6 章（向通用性跳转）和第 7 章（人工创造力）中，作者提出：向计算通用性跳转应该在 19 世纪 20 年代发生，当时数学家查尔斯·巴贝奇设计出了差分机，这是一个机械计算器，用齿轮代表十进制数字，每个齿轮可以嵌入十个位置之一。巴贝奇原本并没有计算通用性的概念，但是差分机已经非常接近这一点——不在于它的计算能力，而在于物理构成。如果对它编程使其打印出一个特定的表，需要对特定的齿轮进行初始化。巴贝奇最终认识到，这个编程阶段本身是可以自动化的：可以把设置参数预设在穿孔卡片里。这不仅可以去掉剩下的错误来源，还能增强机器的功能。再后来，这台机器还可以打出新的穿孔卡片，以备日后使用，还能根据齿轮的位置从一叠卡片里挑选接下来要读取哪张卡片，质变出现了：向通用性跳转。改进后的机器被称为解析机。这种机器能够进行人类“计算者”

能做的所有计算，不仅是算术，还可以进行代数计算、下象棋、作曲和处理图像等。它将是一种今天称为通用经典计算机的东西。图灵直到 1936 年才提出了明确的通用经典计算机理论。许多领域里都存在着通用性。

所有的知识增长都是通过渐进的改进实现的，在许多领域里知识或技术系统渐进的改进在某一个节点，会导致延伸范围突然扩大，使系统成为相关领域的通用系统。过去，实现了向通用性的这种跳转的发明家们基本上不是主动追求通用性，但启蒙运动之后他们就开始这样做，通用解释因其本身和用途得到重视。因为纠错对有潜力拥有无限长度的过程至关重要，向通用性的跳转只能发生在数字化系统中。

人工智能，人工智能领域没有取得任何进展，因为在其核心里有一个悬而未决的哲学问题：我们还不了解创造性如何运作。一旦解决了这个问题，编程实现人工智能将不是难事。图灵发明了图灵测试，就是希望绕开这个哲学问题。换句话说，他希望在解释这项功能之前就实现这项功能。不幸的是，类似这样的情形极为罕见。（这个观点才是人工智能能不能毁灭人类社会的实质！）

在第 11 章（多重宇宙）里，作者指出，物理世界是一个多重宇宙，其结构是由其中的信息如何流动来决定的。在多重宇宙的许多区域，信息以半自洽的方式流动，这样的信息流称为历史，我们把其中一个历史称为我们的“宇宙”。宇宙近似服从经典（量子理论之前）物理规律。但是我们知道多重宇宙的其余部分，并可以检验量子物理规律，这是因为存在着量子干涉现象。因此，一个宇宙不是多重宇宙的一个精确特征，而是一个突现特征。多重宇宙让人觉得最不熟悉和反直觉的东西是可互换性。多重宇宙的运动规律是确定性的，在量子物理中，变量通常是离散的，它们如何从一个值变成另一个值，是一个涉及干涉和可互换性的多重宇宙过程。关于多重宇宙的章节，我看得脑壳发烫，感到逻辑混乱。

作者在第 14 章（花儿为什么美丽）中对协同进化和美的客观之间的

论述非常有趣。作者一开始假设美有一个可能的工具性目的，就是吸引。经过作者的一番分析论证，我们可以看到一个解释：我们所说的美分为两种类型，其一，美是狭隘的类型，局限于一个物种、一种文化或一个个体；其二，美与以上全都无关，它是通用的，像物理规律一样客观。

根据该理论可以必然推导出一个有趣的结论：外貌协会是有道理的。人类的外貌由于受到性别选择的影响，在满足物种特有的美丽标准之余，也满足了客观的美丽标准。在这条路上，我们可能还没有走多远，因为我们与猿分家毕竟只有几十万年，在外貌上与猿的差别不是很大。但作者猜想，等到人类更了解美，就会发现人类与猿的外貌差异中，绝大多数都是朝着使人在客观上比猿更美的方向发展。他认为，美学中有客观真理。流行的说法认为不可能有客观的美，这是经验主义的遗物。花在人眼里总是美的，而它们的进化显然与人类无关，这一事实显示美是客观的。

作者还指出，人类的进步是通过“寻求好解释”的过程来实现的，寻求好解释的方式是创造力和批评。书的前半部分层层递进表达了上述观点后，后半部分推演至各个学科，阐述好科学、坏科学，好哲学、坏哲学，语言和思考逻辑缜密，这些分析精彩绝伦。它在涉及的各个学科中几乎都提供了一些清晰的区隔方式，分离出好的解释和坏的解释。所有观念虽然都是进步的产物，但这些观念本身是需要被区分的，它们未必都具有进步性，甚至如作者说的，坏解释变少了，但是坏解释变得更坏。

当然，阅读这本书经历的脑力激荡不是颠覆三观，而是修正和明晰我们已有的一些思想和认知。作者在结尾处告诉我们，我们已经看到，我们并非生活在一个毫无意义的世界里。物理规律有意义：世界是可解释的，存在着更高水平的突现以及更高水平的解释。数学、道德和美学中极为抽象的概念对我们来说是可理解的，有着巨大延伸范围的思想是有可能出现的。世界上还有许多东西对我们而言没有意义，将来也不会有意义，除非我们找到纠正它们的办法。死亡没有意义。停滞没有意义。无尽的无意义之中一个有意义的气泡也没有意义。世界最终是否有意义，取决于人与我们相似的人——选择怎样去思考和行动。

很多人厌恶各种各样的无穷，但有些事情我们别无选择。只有一种思维方式有能力取得进步或者长久生存，那就是通过创造力和批评寻求好解释的方式。我们要面对的东西，无论如何都是无穷。我们能选择的是无穷的无知还是无穷的知识，是错误还是正确，是死亡还是生存。

读《无穷的开始：世界进步的本源》，我会不时地中断阅读，去查阅许多作者假设的我已经知道但我其实并不知道的知识，有时还反复地去看之前的某些段落，检查作者段落之间的逻辑关联。我觉得，这是一本值得反复读的书，每次读来总会有些不同的感悟。

如果用四个关键词来串起这本书，那就是乐观、解释、通用性、动态。也就是说，未来的乐观与好解释带来的知识互为因果，通用性带来微观层面上的无穷，动态带来组织层面上的无穷。

浅谈澳大利亚联邦预算

魏　涛

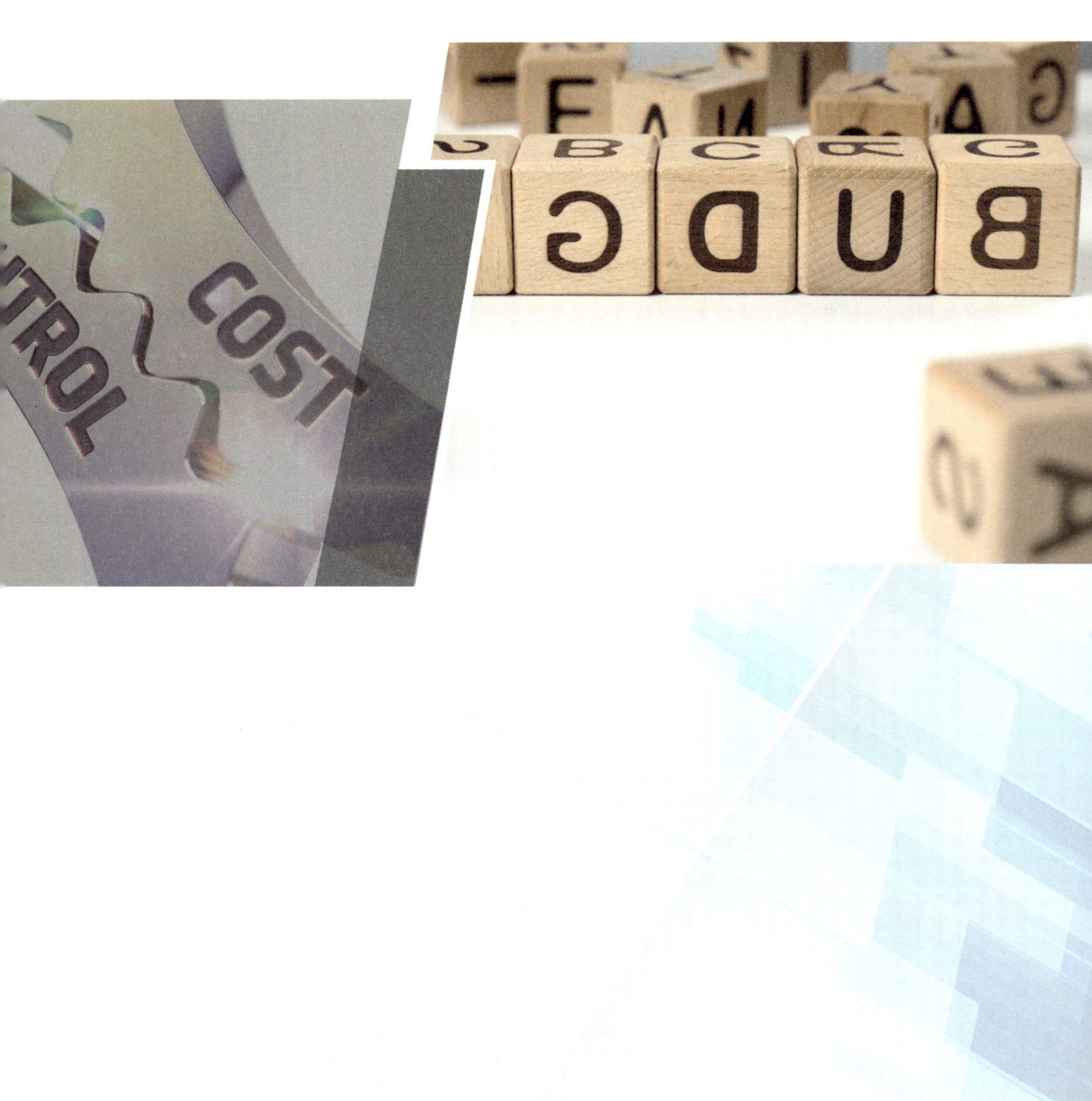

最近，澳大利亚财政部部长代表本届政府向议会提出了2021—2022财年度的财政预算，并最终获得通过。大家可能已经注意到了，这是两个年份，跨越的时间是从2021年的7月1日到2022年的6月30日，也就是典型的澳大利亚财务和税务年度，这和我们光大银行悉尼分行的财务和税务年度是不一样的，我们的算法是从当年的1月1日到12月31日，除此之外，我们可以看到联邦预算其实和光大银行的企业预算有着很多相似的地方。

我先介绍一下澳大利亚联邦预算的大致背景和流程。澳大利亚联邦预算是一份很正式的政府文件，它主要列出了财政部预算的下一个财政年度，澳大利亚政府将发生的收入和支出，以及今后几年的财政政策。预算中详细列出了预算收入，主要是通过国家税收系统征收的各种赋税。预算支出主要覆盖了包括机械、能源、房地产、教育、健康、环境、国防、农业、退休金等方方面面，正可谓“取之于民，用之于民”。除此之外，联邦预算还对政府的执政意图和执政优先事项进行了政治陈述，对未来数年的宏观经济产生了深远的影响。

大家都记得光大银行年度预算一般起始于头一年的10月份，联邦预算也有自己的流程，通常始于上一年的11月份，总理、司库和财政部部长（英文是Treasurer和Minister of Finance，类似于我行的Treasury and finance department）领导成立一个预算委员会，指定下一个财政年度的政策重点和策略，由CBMS（中央预算管理系统）根据最新的经济数据更新预算结果，并选定不同的预算支出组合，为内阁准备预算方案。财务部门同意后，将方案发给各个相关部门，以征求意见加以协调，并于次年的2月下旬提交内阁办公室，内阁组成ERC（预算支出审查委员会），于3月开始审议所有提案，决定资助哪些提案，以及每个提案将获得的预算水平。在ERC结束后，临时收入委员会决定预算收入部分，在完成所有决定之后，对预算进行预算前审查。预算文件准备工作在ERC流程结束时就已经开始，其中包括两个部分：一个是投资预算报表，以及年度经济和财政前景，最终预算由财政部部长在预算之夜提交议会，通常是每年5月的第二个星期的星期二。在预算之日，财政部部长向议会提交预算之前，需要大门紧闭，整日向各大媒体和相关利益机构介绍预算的各个方面，这就是所谓的预算锁定（Budget Lock-up）。由于所提供的信息具有极强的市场敏感性，因此直到财政部部长在向议会提交预算之前，被邀请参加的人员不能自由外出。预算提交通常是在晚上7:30进行，预算会通过ABC和Sky News等新闻台在国会大厦进行全场直播。预算文件和材料也可以在政府预算网站上找到。

澳大利亚政府政治遵循的是威斯敏斯特体系，总理必须在众议院获得多数席位的支持，如果众议院未能通过政府的预算，那么政府必须辞职或者解散议会，所以预算的过程中还是有很多压力的。

另外，反对党被赋予答辩权，他们会在政府预算演讲后的两天在议会发表意见，并且这个过程将在电视上播出。通常反对党的意见会着重于不同的预算领域，比如这一次反对党就在经济适用房和清洁能源两块对政府发难。

以上就是澳大利亚联邦预算机制和流程的一个大概介绍。

现在我们来看一下2021—2022财年的联邦预算有什么特点。首先，它有两大背景，一个是“后疫情时代预算”，另一个是“联邦大选前的预算”。大家都知道，2019年底全球暴发了新冠肺炎疫情，到2020年中全球经济受到了巨大的冲击，按当时的说法是整个世界都停摆了，而澳大利亚在疫情防控方面表现得还是可圈可点的，包括抗疫的成效以及经济的抗打击能力等。

这场冲击对澳大利亚影响最严重的时候GDP同比下降0.2%，失业率最高达到6.9%。然而在政府的一系列政策刺激下，经济快速回升。在铁矿石出口增加以及价格攀升的背景下，澳大利亚各项经济指标很快得到了回升，包括失业率从6.9%下降到了5.6%的水平，已经非常接近疫情前5.1%的水平，政府的最终目标是两年内实现失业率4.5%以下，GDP增长指标也从2020年的–0.2%达到2021年预计的4.3%，所以2021年的预算又称为Recovery Budget（经济复苏预算），就是通过大量的联邦预算支出继续刺激经济增长，降低失业率，提高工资水平，拉动消费。大家看到2021年的预算支出达到了5893亿澳元，虽低于2020年疫情最严重时期的6594亿澳元，但也高于疫情暴发前一年的5785亿澳元，这5893亿澳元中有2098亿澳元是用在了社会保障和福利上，其中包括保护女性人身安全，避免家庭暴力、性暴力，提高女性健康保障、老年护理基金、幼儿补贴等一系列新的社会保障计划。

通过2021年的预算，大家可以看到政府把大把钱都花在解决社会问题上，保护和解放妇女上，增强老年护理行业的管理上，这都体现了政府对2020年发生的一系列丑闻包括联邦议员的强奸案、老年护理中心的虐待事件等的回应。政府还有一部分资金用于经济健康问题、自杀预算等，这说明政府已逐渐从危机中恢复，有多余的资本处理社会问题。

此外，政府还一如既往地投放了大量的基础设施建设预算，包括对西澳铁路和公路项目的拨款，以及高速公路项目的投建，延长Armidale铁路线和未来5年为北领地的基础设施建设投入19亿澳元的预算等，这些基建设施的预算投入大概是152亿澳元，外加27亿澳元预算的新工作培训计划，预计一共会为澳大利亚社会创造25万人的就业机会。

另外，在住房方面还有5%的首付计划、单亲父母2%的首付计划、旅游行业12亿澳元用于80万张半价国内机票计划、能源计划、自然灾害防控计划、国防开支提升到GDP的3%的计划、NDIS（国家残障保险）

项目等一系列经济刺激计划，这里就不一一讨论了。

我们重点讨论一下联邦政府的一系列税收政策，下一个财年联邦预算的收入总计是 4821 亿澳元，其来源为各种形式的税赋，其中公司所得税和个人所得税占到了 3017 亿澳元，占到财政收入总额的 63%。其次是增值税为 779 亿澳元，占到 16%。其他各种名义的赋税加在一起占到 20%左右。

我现在说一下澳大利亚的税收结构。我们都知道所得税属于直接税种，即 direct tax 或利润税，而增值税属于间接税或流转税、消费税，一般在经济发达的国家，间接税是税收的主要来源，而直接税是辅助来源，这种税收结构比较有利于在出现经济危机的时候稳定财政收入来源，因为间接税是靠销售和服务在市场上流转产生的，并且流转得越快，赋税收入就越多，而且对刺激国家经济复苏也起到促进作用。直接税有所不同，只有在个人或企业获得纯收入或利润的情况下，国家才能够征收到，而在经济衰退期间，个人收入和企业利润又是最容易下降的，这严重影响了国家的赋税征收效率。

在 OECD（经济合作与发展组织）的发达国家里，只有澳大利亚的直接税比重远远大于间接税，而其他发达国家正好相反，而且政府似乎也意识到解决这个问题的重要性。如前些时候讨论比较多的是增加 GST（商品和服务税）税率，分行业征收税种等改革，但最后都不了了之。

澳大利亚在发达国家中开始施行 GST 间接税制度比较晚，大概是 2001 年前后，到现在也不过 20 年的时间。一般发展中国家的间接税改革都比较晚，比如中国直到 2012 年、2013 年才开始执行增值税改革，而银行业、保险业更是到 2015 年才开始改革。发展中国家执行间接税税率晚，可以理解为它以服务为基础的第三产业占比低，农业产品和附加值少的工业产品在市场上流通比较快。而澳大利亚虽是农业和矿业大国，但其第三产业的支柱如医疗、保险、教育等所占比重也远远高于发达国家的经济结构，所以增值税执行得比较晚，还可以解读为国家在此之前没有切身感受到财政赤字带来的压力。

澳大利亚以前是发达国家中负债率最低的，没有压力就没有动力，不过这种情况现在正在改变，等一下我也会涉及这个话题。

现在我们来关注一下本次联邦预算中与税收相关的预算政策。先说大家比较关心的个人所得税方面，2020 年 7 月开始执行的个人收入在 36 000—126 000 澳元之间的减税政策，将在新的财政年度得到延续，具体执行方法是个人收入在 37 000 澳元以下将获得 255 澳元的税金返还；个人收入在 37 000—48 000 澳元之间将在 255 澳元的基础上加上 37 000 以上的每一块钱 7 分 5 厘澳元的返还，总返还金额不超过 1080 澳元；个人收入在 48 000—90 000 澳元这个区间将获得全额 1080 澳元的返还；个人收入在 90 000—126 000 澳元的区间将获得 1080 澳元，并在 90 000 澳元以上每一块钱相应减去三分，直到把 1080 澳元减完。

可能有些同事 2020 年 7 月份已经感觉到了，拿到手的税后工资比平时增加了几十块，原因就是我们的薪酬会计已经为我们考虑到了这笔返还金额，并通过减少每月的代扣代缴所得税，把这笔钱返还到大家手里，而不用等到大家年终退税时自己申领。这笔金额因个人收入而异，不是所有的人都能拿到。好消息是这个返税政策将在新的财政年度得到延续，一直到 2022 年的 6 月 30 日，甚至会延续到下一个财政年度，即 2022—2023 年的财政年度。坏消息是这是一项暂时性的税收优惠政策，学名叫 LMITO（中低收入者税收抵免，low middle income tax offset）。2024 年财政年度，这项返税制度肯定会被废止。最好的消息是它的废止是因为一项更好的永久性个税改革，大概率会在 2023 年 7 月 1 日开始施行，这就是第三阶段减税计划，按照该计划，个人收入在 45 000—200 000 澳元的区间，将执行 30% 的所得税税率，从而彻底废除 37% 这一令人痛恨的税务档，而最高税率 45% 的门槛，也从现在的 18 万提到 20 万，这是我们大多数纳税人在两年以后才能享受到的税务优惠。这次预算中的中低收入者税收抵免政策，将使联邦政府的财政收入减少 78 亿澳元。

再来看一下企业所得税方面，2020 年开始执行的两项企业所得税政策将在 2022 年的财政预算中继续得到执行。第一项政策叫作 loss carry back provision，译成中文，就是公司税务亏损结转优惠政策。对于有财务背景的同事来说，这个政策很好理解，一般公司在当年经营出现亏损的情况下，不会从税务机关收到企业税返还，但当年的亏损可以结转到之后的财税年度，直到之后的财税年度出现盈利，可以用以前年度的亏损抵扣之后作为应纳税所得额，这个预算政策可以缓解企业现金流紧张。举例而言，A 企业在疫情暴发前一年实现税前利润 100 万澳元，应纳税 30 万澳元，之后一年疫情暴发，企业亏损 100 万澳元。正常情况下，企业应支付 30 万澳元的应纳税金，新政策下企业则可直接用 100 万澳元亏损抵销前一年的 100 万澳元利润，避免支付 30 万澳元的所得税，从而缓解企业现金流压力。

另一项企业财税政策叫作 full expense of asset，中文译作固定资产临时性全额抵扣政策，这个政策也比较容易理解，一般情况下企业购买固定资产要按照使用寿命进行折旧，在所得税计算上也只能按照当年的折旧额进行税前抵减。新政策下，新购置的大型固定资产可以在当年一次性抵减所有的所得税收入，减少应纳税所得额，从而帮助企业缓解现金流压力。

这里我稍微做一下延伸，可能公司部和风险部在分析企业财报的时候，都看到过一些企业的现金流报表得到了极大的改善，而企业损益报表仍然显示亏损，或者是更糟。以上税务优惠政策，都不会对财务报表的损益和资产负债产生影响。根据 AASB（澳大利亚会计准则委员会）的规定，财报里的固定资产仍然需要折旧摊销，税务政策的优惠会减少应付所得税的余额，但同时会增加递延所得税负债以及递延所得税支出。

说到这里，我顺便提一下，疫情期间，企业明显感到税务局上门稽查的频率降低了，并不是说他们也居家办公，只是说税务局在疫情最严重期间不想给企业增加太大压力，但从此次预算中的税务局下一步行动审查及下一步行动计划来看，疫情结束之后，社会秩序回归正常，税务局考虑到联邦政府的财政赤字，会在下一个财政年度大幅度提高对企业纳税情况的审核和稽查力度。

我们再来分析一下本次联邦预算的缺失与风险。我和张总在联邦预算公布的第二天一早 8:00 就参加了一个由 KPMG（毕马威）举办的早餐研讨会，当然是那种网上虚拟的早餐研讨会，会上请了一众专家、名流，包括经济学家、律师、会计师、税务专家、合伙人等等，其中很多专家都提到了，联邦政府并未将预算用在改善与本国最大贸易伙伴的外交关系上。澳大利亚是一个贸易立国的国家，贸易出口是它近几十年实现经济强劲增长的主要动力来源，而对中国的出口占其出口总额的 46%。比如本次预算的现金赤字为 1066 亿澳元，远低于去年的 1610 亿澳元。很多专家都表示出口到中国的铁矿石做出了巨大贡献。澳大利亚 60% 的铁矿石出口量——9 亿吨，都到了中国，而铁矿石的价格也从 2020 年的 75 美元一路攀升到 2021 年的 230 美元。很多专家对这种情况表示了把鸡蛋放在同一个篮子里的担忧，因为他们都知道这种较高的铁矿石价格是暂时的，中国也在尽力寻找澳大利亚铁矿石的替代者，中国已经加大对几内亚铁矿石项目的投资力度。

很多专家认为澳大利亚需要分流出口目的地，包括寻找中国出口替代国，但有更多专家表示，以中国的经济规模和全球影响力来说，澳大利亚无法绕开中国实现经济的全面复苏，印度代替不了中国市场，越南也不行，然而指望本届政府[①]改善中澳关系的机会已经不存在了。专家们或多或少地对本届政府处理外交纠纷的方式表示不满，他们认为本届政府在外交处理上应该更加现实一些，也就是对最大的贸易伙伴表现更多的尊重，对世

① 本文发布时澳大利亚执政政府为斯科特·莫里森领导的联盟党政府。2022 年 5 月，联邦大选后，执政政府为安东尼·阿尔巴尼斯领导的工党政府。

界的主要力量也要表现更多的尊重。

我个人对两国关系还是比较乐观，因为双方的贸易互补性太强，属于一种你中有我、我中有你的融合状态，我觉得困难是暂时的，就像一个专家所说的："I t needs to get worse before get better."

我们再来聊一下本次预算中另外一个很大的风险，刚才我们已经有几次涉及这个问题，就是预算赤字和负债率的问题，这是一个大家都能看到的，但又不想提及的定时炸弹。为什么这么说？因为从1997年到2007年这10年间，当政的澳大利亚总理是口碑最好的自由党领袖John Howard，这10年澳大利亚出现了久违的财政盈余，但好景不长，2008年工党党魁陆克文执政之后，爆发了全球性的金融危机，之后的财政一直处于亏损状态，其中2020—2021年的财政赤字达到了1632亿澳元，占到GDP的7.9%；2021年的财政预算赤字虽有所下降，也达到了1030亿澳元，占到GDP的4.8%。从目前的预算看，到2025年，联邦预算累积的负债将达到有史以来最高的1.2万亿澳元，占GDP的50%。1.2万亿澳元的负债是什么概念呢？从目前澳大利亚2500万人口的规模来看，不管男女老少，每人平均摊5万块负债，澳大利亚人民什么时候才能把它还清？历史数据显示，在没有任何全球性经济危机或自然灾害的情况下，澳大利亚联邦政府每年的财政盈余大概是50亿澳元，所以即使一切顺利，澳大利亚人民也需要240年才能将政府所欠的债务还清，这还没算利息。过高的负债比例，有可能使澳大利亚政府很快失去AAA的信用评级，国际货币市场的资金拆借成本对于澳大利亚银行来说也会攀升（这方面资金部的同事更有发言权）。当然大家也不用太为澳大利亚政府感到难过，因为比起其他发达国家来说，澳大利亚的负债率还是很低的，比如说美国负债率是107%，英国是113%，日本更高达150%以上，所以相较来说澳大利亚的负债率还是比较低的。

最后补充一句，高负债国家往往意味着利率都比较低，一般来说一个国家的负债上升，利率水平就会下降，因为国家是不允许自己给自己放高利贷的，所以这对于有贷款的同事来说也不见得是件坏事。总之，我们今后要习惯这种负债的生活，这也就是所谓的杠杆经济的魅力。

碳

姜燕妮

今天跟大家分享的题目很简单，就是一个“碳”字。

构思分享题目的时候，我曾经想过“煤炭”这两个字。但是煤炭这个话题距离我们比较遥远，只能照本宣科地读一些煤炭基础常识，对我们的日常生活帮助不大。所以，我想围绕最近比较热门的碳中和、碳达峰等问题进行一些思考。

我们听到“碳”这个字的时候，大部分时候的反应还是煤炭。因为从小到大，煤炭跟我们的生活息息相关。煤炭可以用来取暖、发电，现代化工业也缺不了煤炭。虽然煤炭的“炭”跟碳中和的“碳”不是一个字，但是因为煤炭燃烧释放大量的二氧化碳，使得煤炭、天然气、石油等化石燃料与碳释放的概念联系在一起，因此我似乎就可以说：煤炭的确离我们很远，那些煤矿、发电厂也不在我们眼前，但是，“碳”因为跟碳释放联系在一起，这些绿色、环保、低碳出行的概念距离我们很近。

首先跟大家分享一些有关澳大利亚煤炭的小知识。澳大利亚自然资源丰富，矿产行业是澳大利亚最主要的经济支柱之一。根据最新的官方统计，2020 年矿业板块占到澳大利亚 GDP 的 10.4%，其中煤炭又占了矿业板块的 23.5%。也就是说，煤炭板块在 2020 年占到澳大利亚 GDP 的 2.43%。澳大利亚煤矿以黑煤为主，60% 分布在昆士兰州，30% 分布在新南威尔士州，80%—85% 的黑煤都用于出口。出口的黑煤，按照用途分为发电用的动力煤，炼钢用的冶金煤等。澳大利亚煤炭品质高，发热量大，硫分、灰分相对较低，相对于其他国家的煤炭来说，澳大利亚的煤炭属于环保友好型，并且因为埋藏条件好，开采方便，开采成本低，开采难度相对较小，基础设施和政府支持稳定。因此，澳大利亚煤炭常年在全球出口中占有一席之地，年出口量维持在 3.8 亿吨左右，连续稳居全球煤炭出口市场的前三位，集中于亚洲地区。根据 2019—2020 年 9 月的数据，中国是澳大利亚最主要的出口市场之一，出口占比在 20% 左右，其中动力煤出口中国占 20%，印度占 17%，日本占 13%，韩国占 8%；冶金煤出口中国占 27%，印度占 21%，日本占 17%，韩国占 13%。虽然中国 2020 年第四季度禁止从澳大利亚进口煤炭，但是澳大利亚的煤炭仍然销往印度、日本、韩国、越南、泰国等国，总体出口量基本上维持不变。这些国家对于煤炭的依存度非常高，煤炭在这些国家能源系统中的地位一时难以撼动。

印度 2020 年煤炭发电占比高达 71%。再看日本，煤炭、天然气、石油等一次性能源消费占比 87%，并且因为日本国情特殊，对于核能比较抵触，因此这部分替代能源发展比较缓慢。韩国虽然制定了可再生能源政策，但是由于核电缓慢退出，天然气又供应不稳定，该国向清洁能源转型进程比较缓慢。2021 年 2 月，韩国煤炭进口量已经恢复至 2020 年疫情前的水平，短期来看，韩国的煤炭消费可能出现上涨，目前国内还有在建的煤电站。因此，韩国短期内对于煤炭进口需求只增不减。

回到中国市场，中国作为大国，原煤年产量已经达到 39 亿吨，基本全部内销，也大量依赖进口煤炭，煤炭行业的下游需求主要集中在电力（54%）、钢铁（18%）、建材行业（约 10%）。截至 2020 年第三季度，中国对于澳大利亚煤炭的进口量最多，因为印度尼西亚进口的大部分是褐煤，我们把褐煤剔除掉，进口的高品质煤炭还是最多的。

既然大家都说要碳中和，要在 2030 年碳达峰，那我们就要回答下面一个问题了：这个碳排放与煤炭可以直接挂钩吗？其实不能，可以说煤炭燃烧产生二氧化碳，但是二氧化碳不是全部来自煤炭，我们所发现的化石类燃料，也就是煤炭、石油、天然气，燃烧都会产生二氧化碳，并且我们所说的温室气体还不仅仅包括二氧化碳，也包括了一氧化二氮、甲烷等等。甲烷是天然气的主要成分，比二氧化碳的温室效应强烈 28 倍，但存在时间比较短，全球排放出的 510 亿吨二氧化碳中，工业（包括水泥、钢铁和

塑料等）占了 31%，电力其实只占 27%，农业占 19%，交通占 16%，我们使用的空调等温度调节设备占了 7%。全球发电中，煤炭燃烧占 36%，天然气占到了 13%，水利占 10%，核电占 10%，风力、太阳能等可再生资源占 11%。根据以上数据，我们可以看到，首先温室气体不仅仅包括二氧化碳，其次，二氧化碳又不完全是由煤炭燃烧形成的。

最后，想跟大家分享的是：我们日常生活中如何能够做到低碳环保？我们刚刚说 19% 的温室气体释放来自农业，那么农业是为谁服务的？其实还是为我们日常生活服务的。畜牧业产生大量一氧化氮气体，是因为农耕时多余的化肥无法吸收，进入土地、河流造成污染，或者形成一氧化二氮进入空气，一氧化二氮的温室效应又是二氧化碳的 265 倍。随着人口增长，经济富裕，以上所有的排放量都会增加，我们日常能做的就是节约粮食，贯彻“谁知盘中餐，粒粒皆辛苦”、推行光盘行动等。每年全球被浪费的食物腐烂后所产生的甲烷相当于排放了 33 亿吨二氧化碳，所以，我们需要改变自己的习惯，从不浪费粮食开始，这也是为碳达峰做出自己的贡献。

除了节约粮食之外，我们还能做些什么来减少全球碳排放呢？比如在周末的时候，选择乘坐公共交通出行，在家里不要开不必要的灯，出门的时候记得随手关灯，每天洗澡时间减少两三分钟，把家里的射灯改成节能环保灯，在购买新家电的时候注意节能标识。中国提出在 2030 年碳达峰，虽然我们人在海外，但同一个地球，同一个大家，通过改变自身习惯，减少每一个人的碳排放，也是为全球的节能减排做出自己应有的贡献。

币圈巨浪滔天，谁能屹立潮头

李　敏

今天，我们来聊一下最近资本市场比较热门的话题：虚拟货币。

币圈一向很魔幻。人们之所以购买数字货币并不是因为他们认为数字货币有任何实际意义的价值，而是希望其他人都能够拥入这个市场，进而推高价格再伺机卖出该资产快速获利。所以购买虚拟货币大部分是属于典型的短线性操作。

虚拟货币大致可以分为三类。

第一类与实体货币无关，只可以在封闭的虚拟环境中使用。常见的是网络游戏，如王者荣耀、魔兽世界等。

第二类是单向兑换，通常可以在虚拟环境中使用，有时候也可以用来买卖实体商品和服务。最常见的有飞行常客奖励计划，还有其他零售类及服务类平台的积分，等等。

第三类是双向兑换，有买入价和卖出价。这一类货币跟真实货币相同，包括由发行机构发行的可双向兑换的游戏币以及去中心化的加密货币，如比特币、莱特币、以太坊等。加密货币其实只是虚拟货币的一个子类别而已。

我们先聊一下最近听闻最多的比特币。

首先，比特币是一种资产，是用法定货币计价的资产。其最大特征是去中心化，就是无国家、政府监管机构的参与及法律保障，采用点对点网络与共识的主动性，以区块链作为底层技术，因此属于高波动范畴，是投机属性最强的资产。

比特币最初由一个叫中本聪的日本人（这是他的网名）于 2008 年 10 月 31 日发表在论文中，2009 年 1 月 3 日创世区块诞生。在某些国家，央行、政府机构将比特币视为虚拟商品，而不认同为货币。2012 年，欧洲央行将其定义为：一种无法律约束，由开发者发行与管控，在特定虚拟社群成员中接受和使用的数字货币。

目前，美国仅有得克萨斯州、怀俄明州两众议院通过了虚拟货币法案。该法案承认了虚拟货币的合法地位，但仍需等待参议院的批准。

美国证券交易委员会曾在 2021 年 5 月表示，加密货币已对政策和投资者利益形成严重威胁，暗示加密货币即将面临更严厉的监管。这也是导致加密货币最近价格暴跌的原因之一。值得关注的是，任何人皆可参与比特币的买卖。比特币在协议数量上有上限，为 2100 万个，主要是避免通货膨胀的问题。使用比特币是通过私聊的方式以数字签名，允许个人直接支付给他人。这一点基本与现金相同，不需要经过任何银行清算中心、证券商电子支付平台等第三方机构，从而避免了高手续费、烦琐流程以及受监管的问题。 任何用户只要拥有互联网数据装置即可使用比特币。

自 2021 年初开始，比特币价格曾经一路飙升，由最初 1 月 8 日 41000 美元的交易价格，到 2 月 2 日的 58000 美元，3 月又冲破 60000 美元。而 2021 年 4 月 14 日，比特币价格曾一度飙升至 64374 美元的历史天价。无独有偶，被 SpaceX 创始人马斯克带火的 Dodge Coin（狗狗币），2021 年也犹如过山车般经历大起大落。

数字货币市场公司的数据显示，狗狗币的总市值一度超过 500 亿美元，最大涨幅超过 400%，近日又暴跌 40%，价格近乎腰斩。虽然与大热的比特币都是加密货币，但比特币有 2100 万枚的上限，而狗狗币是在比特币代码基础上修改后诞生的，几乎没有任何技术创新，第一年挖出 2100 万枚，以后每年发行 50 亿且没有上限。这也意味着狗狗币可以无限量发行，可以最大限度地吸引投资者参与。从理论上讲，狗狗币可以有无数人入局，而庄家也可以赚得无穷多，但背后并无实际的价值支撑。

其实，无论是比特币还是狗狗币，其所谓的价值只是建立在投资者认为其价格会继续上涨的共识之上。匪夷所思的是，相较于散户投资者的热情，华尔街投资机构对狗狗币并不感冒。高盛、大摩等投资银行纷纷加持比特币，认为比特币是对冲通胀和多元化投资的重要手段。截至目前，尚无大机构明确力挺狗狗币。至于马斯克本人一年内在币圈究竟赚了多少钱，咱们无从得知。但无论是狗狗币，还是马斯克最新打卡的财犬币，恐怕到最后都成为他的临时提款机，不少跟风炒币、幻想一夜暴富的人最终可能成为被割韭菜的白日梦想家。一旦泡沫被破，投资者终究会意识到币圈可能真的是一个骗局。

反观中国市场，一场对于虚拟货币的疾风暴雨似的大整顿、大清理终于出台了。中国为何要全面封杀虚拟货币呢？原因有以下几个：

首先，虚拟货币很可能涉及国际洗钱通道，并可能衍生偷税漏税、行贿受贿等违法犯罪行为。新冠肺炎疫情暴发之后，中国全面减税降费，未来还将通过税收公平实现共同富裕。在这种大背景下，中国政府不会允许这样一个洗钱、逃税的大漏洞存在。仅凭这一条，就必须封杀虚拟货币。

其次，对于一个国家来说，货币主权是最大的主权之一。“卧榻之侧，岂容他人酣睡”，更何况这些主流虚拟货币大多数操纵在西方国家的资本手中。所以数字货币的发行权一定要掌握在政府手中，才有可能保证基本的公平正义。从近日比特币、狗狗币的市场表现来看，虚拟货币的最终结果必然是大庄家对散户割韭菜，导致贫富差距拉大，而不是减小。中国央行的数字货币接近成熟，这个时候更需要封杀乱象纷呈的虚拟货币。

最后，虚拟货币日益火爆，吸引大量资金参与炒作，给参与者带来了巨大的风险。全球虚拟货币总市值一度超过了 2.55 万亿美元，未来是否继续膨胀，很难预测。如果不进行封杀，会有更多的中国资金参与交易。虚拟货币其实已经跟中国股市形成了竞争关系，造成资金分流，最终可能影响注册制的推进制度、新股的发行速度、中国经济的转型速度。未来跟进中国封杀虚拟货币的国家只会不断增加，虚拟货币的未来趋势充满更大的不确定性。诚然，任何投资都有风险，入市还需谨慎。对于广大散户来说，如既没有强大的资本作为后盾，又无国家政府监管层面的法律保护，尤其没有超强的承压能力，远离这个市场或许还是最明智的选择。

未来，让我们继续关注数字货币和市场的发展。

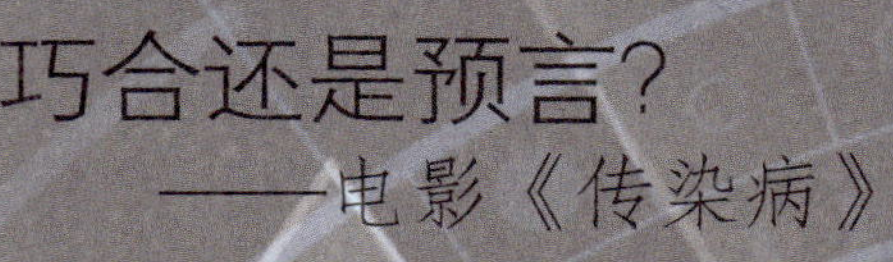

巧合还是预言?

——电影《传染病》

王芋潼

《传染病》这部电影上映于2011年，由奥斯卡最佳导演史蒂文·索德伯格执导，云集了马特·达蒙、凯特·温斯莱特、玛丽昂·歌迪亚、裘德·洛、格温妮丝·帕特洛等诸多好莱坞一线演员。影片用纪实的日记式拍摄手法，完整地记录了一种新型传染病从出现、传染到蔓延全世界的过程。有趣的是，这样一部大牌云集的电影在上映之初并没有多大水花，甚至在豆瓣评分也仅有6.7分。影片对传染病的剖析让观众一度怀疑其真实性，甚至被批评剧情过于夸张和荒诞。比如观众会提出疑问：怎么可能会有这种病毒呢？怎么会发展成这么严重的状况呢？

然而，十年之后，再把这部尘封的电影翻出来看，对比我们正在经历的现实，真是令人感叹：艺术源于生活却不一定能高于生活，编剧的脑洞还是不够大。

故事从美国女高管贝斯说起，贝斯从香港出差回来之后身体开始出现不适症状，咳嗽、感冒、发烧、癫痫、去世，从发病到去世仅仅两天的时间。她的儿子随后也出现了类似情况，很快离开了人世。

与此同时，世界各地相继曝出一些暴毙死亡的案例，症状与贝斯高度相似。美国方面开始对0号病人贝斯进行尸检，试图搞清病毒的源头，以应对和控制这次疫情。疫情在世界各地接连出现也引起了世界卫生组织的重视，世界卫生组织委派疾病控制中心开始研究。疾病控制中心委派研究员米尔斯前往贝斯所在的地区进行调查，确定了病毒是通过呼吸和非生物介质进行传播。然而最初并没有人把疫情当回事，当地官员一开始想到的不是解决问题，而是抱怨，因为疫情将会影响到当地经济的发展。学生停课在家，父母就必须在家带孩子，那么就没有人去工作了，还会使民众反应过度并引起恐慌。最后，官员完全无视了米尔斯的警告，甚至还决定一边隔离患者，一边向民众封锁消息。随着病例的增加和媒体的报道，民众最终还是陷入恐慌，人们拥入医院要求进行检测，冲进药房采购药品，大量地采购物资，囤积生活用品。

电影中疫情暴发之时临近圣诞节，人口流动性大，因此当局决定封锁道路，车辆和行人都不得通行。面对令人恐慌的疫情，大家对信息的判断力逐渐减弱，看到什么基本就信什么。影片中，一个自媒体记者通过夸大疫情和宣扬阴谋论获得了大量粉丝。他对外宣称连翘可以抑制病毒并成功治愈了自己，称之为“解药”，但事实上他根本没有染病。民众却信以为真，前往药房抢购连翘。连翘被一抢而空，这名记者通过与投资公司勾结，从中牟取暴利。病毒和谣言纷纷扩散开来，彻底改变了人们的生活轨迹，社会秩序开始失控，打砸抢烧、杂乱的街道、大量掩埋的尸体都成为常态，而往日喧闹繁华的场所则空无一人。

尽管病毒肆虐、社会动荡，但也有一群医护人员和研究人员，站在抵抗病毒的第一线，有的因为长期与病人接触不幸感染了病毒，与其他感染者的尸体一同掩埋，有的冒着被感染的危险研究培养病毒毒株，有的不惜拿自己的身体做实验，这些画面显示出人性中最光辉的时刻。与超级英雄电影不一样的是，他们并非救世主，这些坚守在一线的人们与我们并无不同，只不过是社会运转中的普通人，有私心有感情的普通人。影片中没有英雄主义也没有主角光环，贴近现实，足够动人。

对比我们现实中正经历的新冠肺炎疫情，影片中的很多片段和我们的生活不谋而合，由此这部电影更具有讽刺和现实意义。突如其来的疫情就像一面镜子，我们能看到人性中黑暗扭曲到丑陋的地方：有人做假口罩发国难财，有自媒体夸大报道博取流量和眼球。同时我们也能看到人性中闪亮耀眼的光芒：很多医护工作人员逆流而上，向着最危险的地方奋勇前行，与家人分离，直面死亡，还有许许多多疫情期间坚守在岗位上的人，无不让我们动容。

影片中的病毒最终被战胜，希望我们也可以早日取得“战疫”的最终胜利，回归正常生活，与家人团聚，给我们爱的人一个大大的拥抱。

NFT
——加密货币的另一种存在

解　飞

对于关注加密货币的人们来说，NFT 这个名词并不陌生，特别是在 2021 年初的几个月里，各种关于 NFT 的消息铺天盖地般地出现在各大金融媒体和论坛上，进入更多普通人的视野。借着这个热度，我来和大家分享一下这个新鲜且具有极大幻想空间的科技新产物。

首先，NFT 是 Non-Fungible Tokens 的英文缩写，中文叫非同质化代币，是一种基于区块链技术的数字化加密货币。加密货币可以分为同质化代币和非同质化代币，同质化代币互相没有差别，可以拆分，比如目前市场上的比特币、狗狗币、以太币等等，都是同质化代币。

现在，我用法定货币举个例子，来帮助我们理解 NFT 的定义。一张 10 元钞票和另一张 10 元钞票价值完全相同，也就是互相无差。这张 10 元钞票也可以拆分成 10 张一元钞票，而这 10 张一元钞票的价值总和也完全等同于一张 10 元钞票，也就是可以拆分。现在所有已知的货币都是同质的，代表着同类之间同等价值，因此可以作为人与人之间的交换媒介。

但是，每一个非同质化代币 NFT 都是唯一的，是不可替代和不可拆分的。可以公开访问的线上数字账本，记录着 NFT 的所有人信息和拥有数量，这些信息无法被伪造或篡改，这里面的原理是就像所有基于区块链的产物一样，大家都有这个账本的副本，可以相互对照和印证。由于 NFT 具有唯一性和不可切割的属性，它可以通过锚定发行在区块链上的数字资产，来锚定现实中所有有形的和无形的商品，这个商品可以是一个游戏当中的宠物或道具，也可以是数字艺术品，比如一首歌、一幅画、一张图片，也可以是一张电影门票、一张房产证等。

早在 2015 年，NFT 就首次出现了，但是直到 2017 年，通过以太坊上第一个使用 NFT 的项目 CryptoPunks（加密朋克），以及随后大受欢迎的 CryptoKitties（加密猫）出现，这项技术才逐渐进入大家的视野。遗憾的是，由于随后比特币价格崩盘，大家的关注点都在币价的暴跌上，没人再敢往任何加密货币项目里投入资金，NFT 的开发也只能默默地缓慢推进。就这样，到 2020 年，美国开始实行无限量化宽松政策，资本市场开始追逐更高的收益率，加密货币市场也呈现出爆炸式增长，NFT 也水涨船高得到了更多的关注。

2021 年 3 月，两个轰动世界的新闻把 NFT 推上了全世界的舞台。其一是著名拍卖行佳士得以 6900 万美元的天价成功售出了由数字艺术家 Beeple 创作的一幅特殊的画“Everydays：The First 5000 Days”。这幅画特殊的地方在于，它并不存在于现实生活中，它之前并不是挂在某个高大上的画廊或博物馆里。这个作品实际上只是一个 JPG 图片文件，而那位支付了 6900 万美元的中标者也只是得到了一个独特的数字货币 NFT，用来证明他是这幅画的拥有者。

其二是推特的 CEO Jack Dorsey 以 250 万美元的价格拍卖了他的第一条推文。买家是 Bridge Oracle 的 CEO Sina Estavi，他将会获得这条推文制作的一个 NFT。这条推文只有 5 个单词，just setting up my twttr，每个单词价值 50 万美元。有趣的是，Estavi 在拍下这条推文的同时，还以 112 万美元的价格竞标了一条特斯拉 CEO Elon Musk 的推文，这条推文的内容是一段关于 NFT 的音乐，虽然最后 Musk 以“感觉不对”为理由，撤销了那场拍卖，不过在撤销前竞标达到了 112 万美元，也是赚足了币圈众多媒体的眼球。

说到这里，大家一定在想：讲得这么热闹，但我还是不明白 NFT 的功能和用途。接下来我们就聊一聊，这股加密热潮的特点、应用，以及其投资者们的不同态度。

积极的观点是，投资者们认为 NFT 技术正在改变数字化社会的交易方式，快速推动着数字化经济、艺术以及创作的崛起。像前面提到的那样，所有有形的和无形的商品都可以制作成 NFT 的数字形式来收藏和交易。NFT 的买家可以拥有作品本身和一个数字凭证，证明买家的所有权，这可以更加方便和安全地对商品进行保存和交易。由于 NFT 的标准化及智能合约的属性，使得每一个 NFT 都是唯一的，其真实性也是可被证明的，人们不用担心会买到盗版 NFT。

这个特性非常适合多媒体艺术创作者和数字化文件处理的需求，画作、音乐、影片、游戏道具或其他数字作品都可以制作成 NFT。以音乐为例，盗版音乐一度在行业内盛行，导致艺术家们损失惨重。现在，有了 NFT，就可以把新出的唱片以 NFT 的形式销售，只有拥有该 NFT 的人才有权使用。由此，打击盗版可以保障艺术家们的利益，从而鼓励他们推出更多更好的作品。同时，从粉丝的角度来看，这些唱片也是限量版的，它们不能被复制或上传到其他任何地方。这使得数字化音乐也具有像黑胶唱片一样的稀有性和收藏价值。另外，艺术家也可以凭借 NFT，绕开中介公司来推出新作，从而大大降低发行成本，让更多有才华的草根艺人不再因为缺少发行资金而被埋没。粉丝可以通过 NFT 给予艺人最大程度的支持，作品好不好也能够完全由市场来判断。

在文件存储和认证方面，NFT 也有很大用途。相信大家都有办理证书或执照公证的经历，这是从银行贷款或应聘工作时少不了的流程。如果需要对海外颁发的证书进行认证，更是手续烦琐。但是，如果将证书做成 NFT，放在区块链上，可以省去审核机构寻找、检查和验证的过程，也提供给文件拥有者一个安全、经济、便捷的存储方式。

现实生活中，很多知名公司准备推出区块链来证明产品的真实性，比如奢侈品牌 Louis Vuitton 就计划将每个产品都做成 NFT，从而方便购买者验证真伪。消费者在二手市场进行交易时，也可以通过 NFT 来查看交易商品此前的每一任买家和卖家信息。

另外，由于 NFT 具有区块链的账本属性，因此只有该资产的现有者可以进行交易和转让。也就是说，即使是 NFT 的原创者，如果没有得到现有者的许可也不能复制或转让 NFT。

最后，NFT 具有去中心化的特点，允许用户之间点对点互动、交易。

在专业市场里，因没有第三方的干涉，转让过程会更加快捷、简便。

但是，不少人仍然对 NFT 持反面观点。这些观点主要有三种。

第一，NFT 的所有权并不能完全阻止他人视察或者使用。比如之前那幅 6900 万美元的 JPG 图片还是存在于网络上，任何人都可以在网上找到并且下载该图片，买家没有办法阻止他人使用这幅图片，他所拥有的只是宣称自己拥有这个画像的权利，因此 NFT 或许该被理解为某一个虚拟资产的所有权证书而已，而并非这个资产本身。

第二，NFT 会对环境造成影响。作为加密货币的一种，NFT 在制作和维护过程中会消耗大量的电力，这不符合目前全球一致追求的绿色环保政策。现在，比特币一年的耗电量在 120 亿—130 亿千瓦·时，相当于挪威一年的用电量。持续加剧的能耗问题也让一些原先力挺加密货币的公司产生了顾虑。就在上个月，特斯拉 CEO Elon Musk 宣布，出于环境方面的担忧，将停止接受比特币作为支付手段。

第三，NFT 创造的交易市场可能会加剧洗钱现象，给金融监管机构带来挑战。2021 年 3 月，反洗钱金融行动特别工作组已将 NFT 纳入了监管范畴，因为这种虚拟资产可以通过二级市场实现价值转移或交换，可以为洗钱、恐怖主义融资和扩散融资提供便利。

以上这些反面观点提出的问题的确客观存在，这些问题和正面观点相比，利弊轻重也都见仁见智，相信大家心里都有自己的判断。

说了这么多，大家如果觉得 NFT 这个技术很有意思，也想亲身体验一下，应该怎么办呢？理论上，任何人都可以将自己的作品代币化，以 NFT 的形式出售。大家可以自己制作一些小商品，放在平台上交易，这些商品可以是自己录的一首歌曲，拍的一张照片，写的一首诗词，画的一幅画，一幅珠宝设计图，等等。也许你会发现自己内心深处藏着一个杰出的画家、诗人或者歌手，迫切等待着被人们发现。

罗素《幸福之路》

张晓宇

罗素是20世纪英国最杰出的哲学家、数学家和社会活动家，被人们誉为“世纪的智者”。1950年，他荣获诺贝尔文学奖。他写的这本《幸福之路》虽然早在1931年已经出版，但书中的论述依然适合近百年之后更加复杂、更加浮躁的现代社会。在书中，罗素没有提出任何艰深的学说，而是把一些经由他自己的经验和观察证实过的意见归纳起来，用“通情达理”的方式娓娓道来，希望为普通民众找到不幸福的原因和解决之道。

我找到了这本书三个不同的译本，大众熟知的是傅雷先生的译本，但是由于年代背景的缘故，译文里有很多生僻的文言文或生硬的直译，不太推荐。最新的版本由《非诚勿扰》电视栏目嘉宾黄菡老师翻译，我在中国亚马逊购买之后，由于版权问题也无法拜读。阴差阳错地读到了吴默朗的译本，反而最为喜欢。看来一切都是最好的安排。

只看目录，我就对原著产生了兴趣：上篇讲不幸福的原因，下篇讲解决之道，也就是“如何幸福”。

由于时间原因，我先概述一下本书的完整目录：

不幸福的原因

01 什么使人不快乐？

02 拜伦式的忧郁

03 论竞争

04 论厌烦与兴奋

05 论疲劳

06 论嫉妒

07 论犯罪意识

08　论迫害

09　论畏惧舆论

幸福的原因

10　快乐还可能吗？

11　论兴致

12　论情爱

13　论家庭

14　论工作

15　论闲情

16　论努力与舍弃

17　幸福的人

由于章节众多，原著本来颇具语言魅力，我将读后感贯穿于缩写和摘抄中，并将重点放在了下篇。

作者提出了许多导致不幸福的原因，部分是社会制度的因素，也有个人心理的因素。虽然个人心理在很大程度上也是社会制度的产物，但罗素另有专著讨论改变社会制度增加幸福的问题，本书则是将注意力集中在那些并无外部痛苦的人士应该如何获得幸福感上。

《幸福之路》上篇对不幸福的人做了充分的讨论，论述很尖锐，甚至有些戳心。下篇有关幸福的讨论，则是饶有趣味的话题。因为原著文体和结构的关系，我讲述时只能尽量做到连贯通顺，希望大家理解和指正。

一个人，如果他是幸福的，会觉得自己是宇宙的公民，自由地享受着生活给予的壮丽景象和快乐的时光；他不被死亡的念头所困扰。

1. 热爱

罗素提出幸福的秘诀在于：一个人的兴趣越广泛，他拥有的快乐机会就越多，而受命运之神操纵的可能性也就越小。生命是短暂的，我们不可能事事都感兴趣，但对尽可能多的事物感兴趣总是一件好事，这些事物能令我们的岁月变得充实圆满。人们总容易患得患失，而无视大千世界的奇观和生活中的小确幸。著名舞蹈家杨丽萍说："我来到这世界上就是看怎样日出、怎样日落、下雨是怎样、天晴是怎样……有一双发现生活的眼睛，所以小猫追赶它自己的尾巴，鹊之噪，水之流，松鼠和野兔在青草中追逐，哪一个不是快乐的画面？"

作者用词恰到好处，是热爱，是兴趣爱好，而不是嗜好。嗜好在绝大多数的情况下，只是对现实的逃避，只是对某些极端痛苦的、难以面对的时刻的忘却。作者在这里引用了古希腊节制的准则。这种准则认为，一个白天干活时，想到晚上能下棋的棋迷是幸运的，但是一个为了整天下棋而搁下工作的棋迷便是无节制的。酗酒、赌博以及年轻人打游戏、沉迷于虚拟世界，都是无节制的热爱，不健康的放任欲望。

2. 爱

比起那些在生活中总感到不安全的人来说，那些带着安全感面对生活的人则要幸福得多，只要这种安全感没有给他们带来灾难。对生活的自信，更多地来源于能接收到足够的所需要的爱。是接受的爱，而不是给予的爱，才产生了这样的安全感。接受爱的前提是感知到爱，并给予积极、正面的反馈，比如表达出珍惜和感恩。

对人的友善和关怀是情感的一种形式，但不是那种贪婪的、掠夺的和必须得到回报的形式。能够带来幸福的形式是：喜爱观察他人，并从其独特的个性中发现乐趣，而不是希望从中获得控制他人的权力或者让他人对自己极端崇拜。如果一个人抱着这种态度对待他人，那么他便找到了幸福之源，并且成为别人敬爱的对象；他与别人的关系，无论密切还是疏远，都会给他的感情带来满足；自然而然地、不耗心计地喜欢很多人，也许就是个人幸福的最大源泉。

3．家庭

作者大胆地提出，在前人传给我们的全部制度中，没有什么比今天的家庭更为混乱了。本来，父母对孩子的爱和孩子对父母的爱应该是幸福的最大源泉之一，但在现实社会里，家庭成员倒成了彼此不幸的根源之一。作者举例说，一个不顾一切、断然地成为母亲的女人，会发现她自己与前几代女人不同，面临着一种全新的、可怕的问题。这一问题的结果是，她忙于家事，被迫去从事那些与其能力和所受教育全然不相称的琐碎事务（读到这里，猛然想到，这本书出版于20世纪30年代，根据更早之前的生活经验，也就是说100多年前的女性面临着和21世纪女性相同的问题）。

父母必须从一开始就尊重孩子的人格——这种尊重并不是一种原则上的尊重，不管这个原则是道德上的，还是认识上的，这一尊重应当作为某种近似神秘的信仰加以深刻体会，从而摒弃占有和压迫孩子的欲望。当然，这种态度并不是只在对待孩子时才值得称道；对待婚姻，对待友谊，如能这样，也应予以称赞。

4．工作

工作应该被看作是幸福的源泉，还是不幸的源泉，仍然是难以确定的问题。确实，有很多工作是非常单调沉闷的，工作太繁重也总是令人痛苦的。然而，在我看来，假如工作量不过多，即使是单调的工作对于大多数人来说也比无所事事要好。

很多工作能给予人们施展哪怕是最微小的抱负的快乐，这种快乐能使从事单调工作的人比无所事事的人幸福得多。当工作充满了乐趣时，它所能给予的满足感就像生活的永动机。

5．努力与放弃

中庸之道是一种乏味的学说，大部分人年轻时都曾轻蔑而愤慨地拒绝过它，但它却不无道理。

必须保持中庸之道的原因之一，是考虑到保持努力与放弃之间的平衡。绝大多数情况下，在这个充满竞争的世界上，只有少数人才能取得耀眼的成功，所以适度的放弃是必要的和可接受的。

一个人即使在追求真正重要的目标时，也不应该陷得太深。恰当的态度应该是尽力而为，把得失留给命运去安排。放弃有两种形式，一种来自绝望感，一种来自倔强的希望。集中精力于实现非个人的希望时，不仅能使一个人承受住个人工作中的失败、婚姻生活中的不幸，而且也能使他在误了火车或将雨伞掉在泥沼中时，不再感到烦躁不安。

6．适当评估对自己的期望

别过高估计自己的能力是幸福的另一要素。绝大部分人都是普通人，比尔·盖茨只有一个，乔布斯只有一个，埃隆·马斯克也只有一个。比尔·盖茨说过的一句话，似乎概括了所有非普通人或者说成功人士的一个特质。他说："我不是天才，我只是更幸运地在人生的早期知道了自己的热爱所在，恰好这又是我擅长的。"这又回到了罗素之前提出的"兴趣与热爱，并且付诸实践"。

幸福，部分依靠外界环境，部分依靠个人自身。在外界环境不是绝对的多灾多难的地方，只要一个人的热情和兴趣是向外（这里指对整体事物的关注）而不是向内（自我沉溺，过于关注个人）发展，他就应该能够获得幸福。

世界广大，人力有限，过事诛求，必定落空。培养精神纪律，竭尽所能地聚精会神，做有创造性的事，做无需他人赞美、自己能得到满足的工作，适当挖掘闲情逸致，进行必要的舍弃……罗素在将近100年前，就为这群因焦虑而马不停蹄的现代人，提出了值得静心读一读的建议。粗浅一点讲，幸福就是能吃能睡。

小服务，大民生

——光大云缴费“让生活更美好”

安　猛

“让生活更美好”是光大集团一贯的初心和使命，光大云缴费作为光大集团和光大银行在民生服务领域的战略名品，就是从百姓生活的细微处入手，做实、做细、做精便民缴费的云上“民生工程”。

“小服务，大民生”是云缴费品牌的口号。便民缴费产业始于与生活息息相关的水、电、燃气等细碎点滴，满足了人们日常生活、出行、社交、教育等方方面面的基本需求，连接着中国14亿人口、4亿家庭、4000万注册企业和各地各级政府，构筑起近20万亿元的便民缴费市场，具有重要的社会价值。作为人民群众日常生活运转的关键节点和公共服务的重要组成部分，便民缴费产业承担着保障和改善民生的社会责任。提高广大人民群众的幸福感、获得感、安全感，是社会对便民缴费服务的基本要求。通过5G、物联网、大数据、人工智能等新技术应用与共赢的开放合作模式，便民缴费产业不断地提升线上化和智能化程度，真正为民服务解难题，助力实现美好生活。

在外部环境的有力支持下，中国便民缴费产业取得了快速而蓬勃的发展，其历程按照主导方可以分为三个阶段。第一阶段是收费方时代，即缴费用户和收费企事业单位直接关联；第二阶段是银行时代，银行进入缴费产业，作为第三方连接缴费方和收费方；第三阶段是开放式缴费平台时代，以光大云缴费为典型代表的运营商连接缴费产业的上游和下游。

2008年，光大银行正式启动网络缴费项目，首创开放便民缴费平台，一端连接收费单位，一端输出各大渠道，开拓了线上平台化便民缴费新时代。2009年，第一家线上合作伙伴支付宝业务上线；2010年，第一家线下合作伙伴拉卡拉业务上线；同年，第一家同业合作伙伴东亚银行业务上线。2014年，“云缴费”品牌正式推出。2015年，光大云缴费与微信达成深度合作伙伴关系，正式入驻微信九宫格。同时，光大云缴费加大与支付宝的合作力度，成为微信与支付宝的缴费内容提供商，用户可以从手机端多渠道、快速、方便地完成各类生活缴费。2017 年，光大云缴费与百度、京东等大型互联网平台达成开放合作伙伴关系，为各平台提供生活缴费服务内容。2018 年，光大云缴费与支付宝和微信等竞标服务财政部非税、社保等政务类收缴项目，最终优势胜出，成为财政部指定的唯一线上收缴平台。

经过 10 多年的发展，云缴费平台一端连接收费单位，一端连接缴费渠道，进行标准化整合，并开放至互联网渠道，服务全社会用户。目前，云缴费已将普惠金融的服务范围延伸至水、电、燃气等基础便民服务外的政府平台、行业客户，并陆续推出非税云、党务云、物业云、租房云、教育云、医疗云、税务云、社保云等子平台，提供业务管理及缴费衍生服务，目前已包含数千项缴费服务，并保持高速增长。云缴费全力构建具有丰富内容、海量数据、科技驱动、开放平台、金融账户、便捷体验的“金融 + 生活 + 服务”普惠金融生态圈。云缴费始终保持中国最大开放缴费平台优势，尽量覆盖中国所有地区，目前约三分之二的人都在使用云缴费。云缴费与中央财政、各级政府、国家电网、南方电网、内蒙古电力、华润燃气、三大运营商等全国性、区域性收费单位达成战略合作；与微信、支付宝、京东、美团等大型互联网平台以及银行同业等 500 余家主流机构建立密切合作关系，为个人及机构客户提供种类丰富、体验便捷的缴费服务。

2020 年初，突如其来的新冠肺炎疫情打乱了人们正常的生活节奏，对经济社会发展带来了前所未有的冲击。在这场没有硝烟的战争里，光大云缴费快速、精准发力，7 × 24 小时全力保障两亿多城乡居民线上生活缴费不中断，光速上线各类无接触生活缴费服务，体现出了光大责任、光大特色和光大速度。

随着技术的进步和市场需求的扩大，数字普惠金融生态系统逐步健全。

便民缴费产业作为普惠金融的重要抓手，未来还将在智能精准、开放共享、普惠普及的道路上持续迈进，从基础设施服务领域渗透到人们生活的方方面面。

首先，云缴费将引领 “智慧城市” 建设。由于传统产业转型和新冠肺炎疫情的影响，数字经济成为经济增长的主引擎。各国出台“智慧城市”政策，布局信息技术设施，为数字经济的蓬勃发展创造场景和条件。在中国，建设智慧城市是指运用互联网、云计算、大数据等新一代信息技术，促进形成城市规划、建设、管理和服务智慧化的新理念和新模式，是推进经济转型升级的重要任务，也是未来城市发展的重心。

智慧城市各个平台、应用系统都将涉及收费和缴费问题。缴费服务的便捷和智能程度，将成为衡量智慧城市发展水平的一个重要标志。云缴费聚焦便利性金融，依托合作共享的服务模式，为智慧城市的规划和建设提供了创新的解决方案。

未来，光大云缴费平台可以融入智慧城市的数据网络，基于其数据能力和自身平台生态，提供更加智能精准的缴费体验。一方面，基于实名认证、自动续费等现有功能进行拓展延伸，借助移动终端和小程序，推出用量监控和智能分析服务，提供定制化的缴费服务。另一方面，新技术将持续赋能普惠金融的发展，点亮新的缴费体验，“物联网 +5G”使无感支付成为可能，大数据与人工智能的结合也让便民缴费平台的服务更加智能精准，实现千人千面。

其次，云缴费开放共享，促进产业融合。开放共享的商业模式是便民缴费行业的核心，作为缴费供应商和需求方的桥梁，云缴费需要广泛地对接上下游企业，打造数据接口，实现资源共享，打破传统结算能力和服务终端封闭分立的状态，构建一个海纳百川的缴费生态系统。

同时，作为便民缴费的先行者，光大云缴费秉持“开放、共享、普惠”的生态理念，以便民缴费产业精准切入，通过引入整合和输出共享相结合，与合作各方一道，不断开拓银行金融普惠生态建设。在这一过程中，缴费产业链上下游企业将不断突破壁垒、跨界合作、共享收益，在产业融合中探索新的价值增长点，不断提升自身服务效能。缴费生态系统的各参与主体将以信息共享为桥梁，建立更加紧密的合作关系，更好地满足消费者在不同场景下的个性化、多元化的深层次及衍生服务需要。

总体来看，随着经济和技术的发展，便民缴费生态系统将会日益完善，用户可以享受到一站式自助服务。在行业发展的进程中，缴费平台始终把民生问题放在首位，不忘初心，持续推动便民缴费服务向更加普及、便捷的方向发展，与众多合作伙伴共同构建“金融 + 生活 + 服务”的普惠便民生态体系。

最后，我跟大家分享一个小故事。2016 年，国家电网向社会推出互联网电费代收支付平台“电 e 宝”App，这是国家电网为市民提供的一种全新的“拇指生活体验”电力服务渠道。其最重要的一项功能就是电费收缴，运营两年以后，“电 e 宝”放弃了整合打通各地各级国家电网收费系统的计划，转而与光大银行合作，接入我行云缴费系统服务。为什么国家电网自己的 App 都无法打通企业内部的各地收费系统呢？因为全国各地各级的电力收费系统均有不同，各个接口的个性化要求也很高，光大银行从 2008 年开始，举全行之力，与各地各级电力业务系统进行对接，目前做到了电力缴费服务全国全覆盖。同样地，水费代收服务已覆盖全国 250 个地级市，燃气费代收服务已覆盖全国 243 个地级市，有线电视收费服务覆盖全国 29 个省级地区，通信费收缴服务（固话、宽带）覆盖全国 31 个省级地区，供暖费收缴实现北方供暖区域全覆盖。

经过三代缴费人 13 年的不断努力，光大云缴费已成为全国最大的开放式缴费平台，同时处于行业垄断地位。2020 年，云缴费服务用户突破 5 亿户，便民缴费服务项目突破 10000 项，云缴费有没有可能成为下一个互联网金融巨头呢？让我们拭目以待。

大宗商品那些事

李　杰

在经济学中，商品是用来满足购买者欲望和需求的产品，从超市中的一瓶酱油，到翱翔在天空中的飞机，都属于商品。狭义概念中的大宗商品，是指可进入流通领域，但不能进入零售环节，具有商品属性，用于工农生产与消费使用的大批量买卖的物质商品。

大宗商品贸易是个极其复杂的过程，时间有限，今天我将着重向大家介绍一些大宗商品的原理。

商品是基础产品，但并非所有基础产品都是商品。是什么让它们有所不同呢？正是它们的物理特质。总而言之，所有商品都是以这样或那样的方式来自大地。归根结底，这些产品都是由自然力量创造而来的。

大宗商品主要分为以下三大类：

第一，农产品。农产品贸易可以追溯到农业社会。1848 年，芝加哥交易所（CBOT）成立，有组织的大宗农产品交易在美国初具雏形。农场主们与交易所的投机商们进行商品期货交易，提前锁定收获的价格。在随后的一个世纪，农产品交易持续扩张，并在 20 世纪 70 年代早期由于苏联开始大量购买国外粮食以弥补本国粮食产量下滑而取得了飞跃性增长。某一阶段，莫斯科购买了美国四分之一的粮食，这样级别的需求与当今中国对国际石油和金属市场的影响相当。至 20 世纪 70 年代中期，全球粮食贸易与 30 年代相比增长了 5 倍，并且增长还在持续。值得注意的是，根据世界经济运行的方向，大多数传统农产品贸易商在这些年里将能源、金属和矿物加进了他们的贸易范围。农业商品的主要类别包括谷物和油籽、家畜、乳制品、木材、织物、可可、咖啡、糖等。

第二，能源。1859 年，在宾夕法尼亚州发现石油之后，石油作为用于灯火的鲸油的廉价替代品进入了人们的视野。石油产品为交通和机械化带来了新的可能。原生和次级能源商品的贸易自此启动了工业化和全球增长的进程。近几十年来，专注于原生和次级能源商品的全球贸易公司不断涌现。它们是全球化的石油贸易中心。这些公司在资源民族主义浪潮中帮助产油国的国有石油公司销售石油，另一方面利用资本市场和期货市场进行贸易融资和风险对冲。次级能源商品，如原油、页岩、天然气、天然气凝液、煤炭和可再生能源，被提炼并加工成多种不同的石油产品和燃料，例如沥青、汽油、柴油和液化天然气。

第三，金属和矿物。金属和矿物冶金可追溯至青铜时代。金属贸易起源于腓尼基人，由罗马人延续。现代金属交易可以追溯到 19 世纪中期，当时英国作为第一个工业化国家，为了向其制造业基地输送原料，从金属的净出口国转变为净进口国。伦敦的商人和金融家组织并资助了金属贸易。这段早期的历史已经留下了它的印记。有趣的是，成立于 1877 年的伦敦金属交易所每日交易的合约恰恰反映了将铜从智利用船运至英国所需的时间。金属和矿物交易的模式在整个 20 世纪都保持相对不变。金属生产者继 OPEC（石油输出国组织）之后尝试通过限产操纵价格，很大程度上被证明是无效的。21 世纪，中国引人注目的工业崛起转变了矿物和金属的贸易格局。中国需求的飞速增长形成了供给瓶颈，开拓了新的生产来源和贸易通道，并且导致了前所未有的市场波动。为了降低运输成本，金属的初始处理阶段大多数都发生在矿山或其周边。铁矿石通常未处理，开采出的铜、铅、镍和锌矿石被转化成精矿，而铝土矿则被转化为氧化铝。铁矿石、精矿和氧化铝都被作为原生产品进行贸易，最终被冶炼厂加工成精炼金属和钢铁等有用合金。

再来说一说商品期货。协助价格风险管理的商品期货与商品贸易齐头并进。实物贸易商利用期货对冲其将商品从生产者运送至消费者的过程中不利的价格变动风险。初级的期货市场几千年前就存在于美索不达米亚地区和日本。农场主们需要保护自己不受变幻莫测的天气影响，他们通过为庄稼固定未来价格来达到目的。这样，他们有信心可以在没有收到当年卖庄稼的钱时就播种下一年的庄稼。进行实物交割的可能性为期货市场施加了一个重要的价格准则，它能保证随着交割日临近，商品期货的价格与标的实物商品的价格趋于一致。然而，在实际操作中，对期货合约进行实物交割基本上从不发生。取而代之，卖方会通过在交割日当天或之前结清头寸。当买方和卖方就价格达成一致时即达成了期货交易。交易所同时作为买卖双方的交易对手运作，如此每笔期货交易皆产生两个交易，买方持有多头头寸，而卖方为空头头寸。期货交易者为他们所持有的每份合约维持一定的缓冲资金，或者说保证金。这能保护交易所免除违约风险，损益每日结算，并相应地调整保证金账户。交易者必须保证每个交易时段开始前，他们的账户持有充足的保证金以应对因价格剧烈波动而被强行平仓的风险。

何时、何地、何种是大宗商品定价的基础要素。商品必须适合其特定目的，而且必须可以获得。这些要求确定了定价的三个支撑点：何地（交付地点）、何时（交付时间）、何种（产品的质量或级别）。

商品贸易商本质上是使用金融市场筹集运营资金，并对冲或限制涉及其中价格风险的物流公司。商品贸易公司以何地、何时、何种这三个支撑点为基础，通过空间、时间和形式的转换，在生产商和消费者之间架起了一座桥梁。

空间：运输商品，转换地点。将商品从其生产的地方运输至被消费的地方是商品贸易业务最明显的方面。在现实生活中，几乎没有靠近消费城市中心的油田和矿床，商品的运输常常跨越大洲。因此航运在商品贸易中起着至关重要的作用。

时间：储存商品以改变交付的时间。商品供求并不总是同步，能源产品的需求随着季节的变化而波动。供求关系可能会短期内被工业行为、地缘政治条件或极端天气扰乱。供过于求或供不应求可能都会持续一段时间，因为针对需求条件变化调整生产能力需要时间。公司通过时空变换来处理供应和需求不匹配的问题。当供应异常高时，它们存储商品；当需求异常高时，它们则降低库存。存储通过缓解价格波动和改变商品可供性来降低波幅。为了提高效率，商品贸易商需要具有坐落在有战略意义位置的存储设施和相应的金融信贷。

形式：混合商品以影响其质量或级别。除了那些在发电厂被直接消费的动力煤之外，所有商品在被消费之前都要经历一些转变。商品贸易商自身通常不会参与到工业加工之中，他们往往混合或组合不同等级的精炼油或金属产品以适应他们的客户。

近几十年来，燃料、矿产及食物的国际贸易大规模扩张是全球化的重要基石。曾经为综合石油巨头所控制的业务，今天在很大程度上受供求关系影响。贸易商们利用资本市场和期货市场的发展，为贸易进行融资和对冲风险。他们帮助世界应对产销激烈与颠覆性的震荡，以及经济周期的反转。

运输当代工业所需的基础材料要求专业的服务公司具备相应的物流和财务实力、全球性的经营规模和范围，以及风险容量和专业技能。

最后我们来聊一聊实物套利。这对贸易商来说意味着什么呢？他们的业务模式是，发掘未经转化与转化后的商品之间超额价差的市场，然后采取行动。根据价格信号，贸易商会将商品引向更值钱的地方，市场价格错配随之减少。这么做提高了市场竞争性，贸易商获得了利润。贸易商专注于捕捉市场中的缺口、价格错配或地理错配。他们监控着不同等级商品的相对价格（质量差价）、不同交付地点的同种商品（地理差价），以及不同的交付日期（远期差价）。发现错配后，他们可以通过在廉价市场买入并在昂贵市场卖出来锁定利润。例如，在期货升水时远期价格高于现货价格，贸易商可以立马买入并储存商品，同时以未来日期更高的价格卖出。套利是靠谨慎执行大规模通常利润微薄的交易来实现。贸易商必须能够在一开始就知道最坏条件下的收入和成本。只有具备可靠的融资渠道和专业的管理风险能力，贸易商才能够从事这些规模巨大、利润微薄的交易。

实际操作中，一家商品贸易公司常常会在一笔交易中采用不止一种套利技巧。举个例子：

某贸易商A公司通过与秘鲁矿井签订承购协议，做出采购铜精矿的安排。A公司还同意将铜精矿交付给一家芬兰冶炼厂。

首先是空间的转换，也就是我们所说的地理套利。A公司随后确定一个地理套利的机会。它更换了芬兰冶炼厂的供货源，并为秘鲁铜精矿找到了另一个买家。接着，A公司在西班牙的矿井为芬兰市场采购精矿。它将秘鲁精矿交付给美国冶炼厂。相比初始从秘鲁到芬兰的路线，这两笔交易交货航程缩短，总体航运费用成本有了可观的缩减。

其次是时间的变换，也就是时间上的套利机会。A公司按照之前协定的方案将精矿运至芬兰冶炼厂，但美国冶炼厂要求六个月后交货。由于铜矿市场出现升水，A公司随即确定出一个时间套利的机会。美国冶炼厂准备支付在六个月内远期交货的溢价。A公司将秘鲁精矿安全保险地存储在其码头仓库。

最后是形式的变换，即技术型套利。美国冶炼厂要求特殊品质的铜精矿。通过在其自有仓库混合秘鲁铜精矿，A公司能够经济地合成达到客户品质要求的产品。这次技术套利为其挣得额外的利润。最后，混合后的精矿在六个月后运至美国冶炼厂。套利技巧的组合提升了A公司的盈利能力和价格竞争力。

一般而言，商品贸易商对商品绝对价格的高低并不感兴趣，而是在意地理和技术价差，由此在世界范围内运输转换商品才有利可图。商品贸易商可能会以一种等级的汽油与另一种等级的汽油之间的价值差异，或者是纽约的汽油和鹿特丹同等级别的汽油之间的价值差异，又或者是高含金量铜精矿与另一种高氰化物含量铜精矿的价值差异做买卖。价差的观念将商品贸易商与许多其他中介商区别开来。大多数中介商针对融资交易收取固定百分比的费用，因此出于自身利益而言，交易价值越高越好。与之相反，商品贸易商对商品价格的绝对水平兴趣寥寥，却更在意买卖之间的价差。

穿越时空的中国好声音

李夏原

鸟栖鱼不动，月照夜江深。
身外都无事，舟中只有琴。
七弦为益友，两耳是知音。
心静声即淡，其间无古今。

——白居易《船夜援琴》

2008年8月8日，北京，激动人心的奥运之夜，当一幅巨型水墨山水画在鸟巢中央缓缓铺开，一曲太古遗音悠然响起，那声音不似古筝的灵动清亮，不似二胡的辗转凄凉，也不似琵琶的富丽堂皇，它沉静内敛，深奥悠远。弹拨七弦之间，这个外表质朴的小小乐器道尽了人生百态，看遍了沧海桑田，不偏不倚，不悲不喜，触动灵魂，久久不息。这是中国古琴在全球观众面前一次盛大的亮相。

时间倒流，1977年12月2日，两艘载有镀金唱片的“旅行者号”飞船在美国成功发射，带着与外星生命不期而遇的憧憬驶向太空。金唱片收录了地球上各种文化的图像与声音，据说能保存10亿年之久。其中，由中国古琴大师管平湖先生演奏的《流水》将华夏民族对时空和宇宙的哲思，对生命与自然的体悟娓娓道来。36年后，“旅行者1号”带着金唱片冲出了太阳系，中国古琴从此得以在更广袤的宇宙之中寻觅知音。

中国古琴是中华民族最早的弹弦乐器，古人给它起了很多好听的别名，例如瑶轸、玉徽、丝桐、绿绮。我国考古发现的最早的古琴，是2016年在湖北枣阳郭家庙出土的，春秋早期的琴，距今2700年左右。根据《尚书》《乐记》《诗经》等文献记载，古琴至少已有3000年历史。而古琴的确切起源，现今已无从查证。上古神话里，有“伏羲氏作琴，修身理性”之说，有“神农氏削桐为琴，绳丝为弦”之说，有“尧作五弦琴，天下大和”之说，也有“舜作五弦琴，歌南风而治天下”之说，这些传说为古琴的起源添上了一抹神秘色彩。

古琴在最初只有五弦，分别象征着金、木、水、火、土，也代表着君、臣、民、事、物。到了商末周初，文王悼念爱子增弦一根，称为“文”，武王伐纣为鼓舞士气又增一弦，称为“武”，自此古琴成为七弦形制，又称七弦琴。古琴长约三尺六寸五分，象征一年三百六十五天；琴体由上下两块木板黏合而成，底板扁平，面板呈弧形凸起，象征天圆地方。十三个徽位（音位）分别象征一年十二个月和闰月。

古琴头上部镶有用以架弦的硬木，称为“岳山”，这是古琴最高的部分，象征高山，琴弦象征流水，意为“高山流水”。琴底部有大小两个出音孔，大的叫“龙池”，小的是“凤沼”，意为上山下泽有龙有凤。自腰以下，称为“琴尾”。琴面一般为深黑色或栗色的光面，这是大漆和鹿角霜调和而成的灰胎，由斫琴师经过几年反复粉刷打磨所成，琴面不易磨损，琴声出而不散，独具含蓄之美。

古琴有散音、泛音和按音三种音色，混合在一起，犹如人在天地之间深藏若虚，逍遥自在，呈现出虚实结合的传统审美，也传达着古人对天地人和的向往。散音由右手拨动琴弦产生，使琴弦充分振动，如大地般低沉厚重，又称“地音”。泛音由手指虚按在琴弦上，弦部分振动产生，如天空般虚无缥缈，又称“天音”。按音是左手按压琴弦，与面板接触振动后发出的声音，如人之心绪丰富多变，又称“人音”。

琴棋书画，琴居首位，这里的琴，专指古琴。众多古典文学作品中，不乏关于古琴的描写，琴以抒怀、琴以言志、琴以传情。古人弹琴对环境的要求很高，“凡鼓琴，必择净室高堂，或升层楼之上，或于林石之间，或登山巅，或游水湄，或观宇中；值二气高明之时，清风明月之夜，焚香静室，坐定，心不外驰，气血和平，方与神合灵，与道合妙”。这些看似营造氛围的举动，其实都是为了在弹奏时能够以平和的心态来表达心中的志趣情感。古琴演奏不仅仅是一门技艺，更是一种纯净精神、规范道德和陶冶情操的媒介。无论是公正廉明的官宦、修身养性的文士，还是归隐山林的道人，都能在悠悠琴音之中找到属于自己的桃花源。

古琴文化是华夏民族儒道精神的载体，经历沧海桑田、万物更迭的几千年，古琴通过质朴而深奥的七弦之音将先贤哲人的精神境界和上乘智慧传承给后人。太多关于古琴的儒道学问和传奇佳话，成为一代又一代中国人道德的标准和信仰的基石。《史记》中记载了这样一个有意思的故事，孔子向鲁国乐官师襄子学习古琴，老师教了他一首曲子后，孔子日日弹奏，孜孜不倦。有一天老师对孔子说："这首曲子你已弹得很好了，可以学新曲子了。"孔子却说："丘未得其数也（我还没有学会此曲的弹奏技巧）。"说完，他便用心投入，继续练习，很快便掌握了技巧。几天后，老师跟孔子说："你已掌握了此曲的技巧，可以学新曲子了。"孔子答曰："丘未得其志也（我尚未领悟此曲的神韵）。"又过了许多天，老师又对孔子说："你已领悟了它的神韵，可以学新曲子了。"孔子回答："丘未得其为人也（我尚未见到此曲的作者，进入他的内心世界）。"说罢，孔子继续练习，锲而不舍。一段时间后，孔子默然沉思，眺望着远方对老师说："我知道这首曲子的作者了，那人皮肤黝黑，体形修长，眼光长远，统治四方，若不是上古贤君周文王，谁又能如此呢！"老师非常惊奇，立即离席对孔子行礼，并对他说："此曲正为周文王谱写，名为《文王操》啊！""曲中会文王"在古琴史上留下了一段传奇佳话，为世人称颂至今。

儒家对音乐艺术有着明确的审美和道德取向，所谓"声音之道与政通矣"。古琴艺术承载着儒家崇尚的中庸之道，将个人与集体、社会、自然之间有序相处的君子之道编入琴曲，归为琴技，纳入琴道。《礼记·中庸篇》写道："喜怒哀乐之未发，谓之中；发而皆中节，谓之和。中也者，天下之大本也；和也者，天下之大道也。致中和，天地位焉，万物育焉。"

喜怒哀乐的情绪不表露出来，便是“中”。表露出来但合理合法，恰到好处，便是“和”。中是天下之根本，和为共同遵循的法度。当社会中的每个人都达到了中和，天地便各归其位，万物便欣欣向荣。所以“喜怒”与“哀乐”之间，应取非喜非怒、非哀非乐，不偏不倚，居中为佳，就像古琴音色内敛、中正平和、不喜不悲，完美地体现了儒家的中庸之道。

与儒学不同，道家思想往往被解读为出世哲学，“大音希声”“大道无形”是道家的艺术精神和审美追求。古琴在几千年来被向往老庄之道的后人作为解脱自我、求索智慧的心灵寄托，通过至简至深的琴音，可以排除杂念、淡泊明志，达到人琴合一、物我本源、顺应自然、逍遥自在的境界。人与自然的相处之道，应是不参与、不干扰、不滥用，立身于天地万物之间，存在于此时此刻，沉浸于此情此景，足矣。不以物喜，不以己悲，以不变应万变，则物与我皆无尽也。《晋书·隐逸传》中记载，“陶渊明性不解音，而蓄素琴一张，弦徽不具”。琴既没有弦也没有标记音位，就是两块木板子合在上面，显然这样的琴是无法弹奏的，但陶渊明非常喜欢，每朋酒之会，则抚而和之，朋友笑他，他却说道：“但识琴中趣，何劳弦上声！”只要悟出了古琴的真意，又何须琴上有弦呢？古琴的真意，也许就是，当人抛下纷纷扰扰的主观情绪，内心获得了真正的平静，就能看到事物的本质，体会到大善大美。此时哪怕是万籁俱寂，也能听到天籁。

近现代社会的剧烈变革给古琴艺术带来了巨大冲击。也许在人类创造的众多乐器中，古琴质朴的外表和内敛的声音，的确不是最具有舞台表现力的，因此古琴一直是比较小众的乐器，但古琴艺术承载的文化内涵和精神力量，却是其他乐器无法比拟的。2003 年，中国古琴艺术被联合国教科文组织正式列为世界级非物质文化遗产；2006 年，国务院将古琴列入第一批国家级非遗名录。古琴艺术是全人类共同享有、共同保护的珍贵遗产，更是中华儿女引以为傲的精神力量和文化自信。

人在南半球，身处金融领域，我们大多数人可能没有艺术专业背景，也没有机会深入学习传统艺术，但我们可以从自己感兴趣的小事做起，给渐渐不说中文的孩子读首古诗，教外国友人包顿饺子，给街上三五成群、穿汉服的女孩儿一个微笑，或是在焦虑疲惫时听听古典音乐，传统文化就在这小小的一举一动之间传播与传承。愿袅袅琴音穿越时空，经久不息，愿传统文化薪火相传，长盛不衰。

资产证券化

温志峰

RMBS（住宅抵押贷款支持证券），是一种在金融市场中非常普及的证券化产品。提到它，相信大部分人都会想到2007年开始的“次贷危机”，但资产证券化最早的例子能追溯到18世纪，当时荷兰人通过证券化手段投机美国土地。19世纪50年代，美国的农场主抵押农场铁路来进行证券化操作。而我们所谓现代的资产证券化产品起源于1970年左右，最开始的RMBS的结构设计，是由美国政府提供担保，因此获得了AAA的最高信用评级。后续的1980年代，各家投行陆续进入这个市场，创立了没有政府担保的抵押贷款支持证券，也就是将次级贷款也进行证券化销售，这不仅是当时投行创收的主力商品，同时也可以释放资本发放更多的贷款，并进行其他投资业务。

刚才提到了次贷危机，有一部电影 *The Big Short*（大空头），通过几个人物侧面讲述了次贷危机发展的过程和结果，并进行了反思。次贷危机以2007年4月美国第二大次级房贷公司 New Century Financial Corporation 破产事件为导火线，由房地产市场蔓延到信贷市场，许多金融机构和他们的客户损失惨重，一系列系统性风险产生，进而演变为金融危机，引发了2008年全球性的金融海啸。

回顾次贷危机爆发前的10年，美国经济一片繁荣，其间房屋中位价增加了124%，而贷款利率相对较低，整个住房贷款呈现健康繁荣的形势，但是后来美国房价开始下跌时，次级贷款大量违约，那些RMBS失去了大部分的价值，造成许多金融机构资本大幅下降，全球各地信贷紧缩。鉴于此，澳大利亚在时任总理陆克文的推动下，2009年开始实施借贷责任法案（*Responsible lending laws*），这也是最近澳洲国会中一个重要议题。

此次金融危机的原因众说纷纭，比如银行系统性风险低估、道德风险、信用评级机构的误导（归因于评级的非透明性、评级公司商业模式带来的利益冲突、预警能力的滞后性和证券化产品的复杂性），以及当时金融监管缺位等。当然，银行盲目贷款是整个危机的源头，但如果这些贷款没有被重复证券化（形成各种类型的担保债务凭证），风险可能会保留在银行体系内，监管机构估计还能使用有效的行政和经济手段加以控制。但正是由于投行和评级机构的介入和催化，风险被引入资本市场（包含各大养老基金、投行、保险公司、对冲基金和股市等），导致后续无法收拾的全球金融危机。

简单说一下信贷资产证券化的概念。所谓信贷资产证券化，指的是把缺乏流动性，但有可预见未来稳定现金流的信贷资产（例如住宅抵押贷款、商业抵押贷款、汽车贷款或信用卡债务或应收账款等等），通过其相关现金流打包、结构化设计形成资产池，在此基础上发行证券，然后出售给第三方投资人的投融资行为。在这些债券设计的过程中，会依据风险进行分级，一般分为3大类：优先级（Senior）、次级（Subordinated）和最低级（Junior）。最近我接触的一个 RMBS 项目就有按照这 3 大类分 8 个等级，同时会针对优先级和次级进行信用加强手段（credit enhancement），而这笔 RMBS 的最低级必须自行认购，才能满足最终发行条件。同时，发行人为了利于销售和降低融资成本，会将 RMBS 交由信评机构根据不同风险程度的分级，形成不同的评级结果。刚刚说的 Pepper 发行的 RMBS 的 8 个等级中，前 5 个等级是类投资级（AAA 到 BBB）的水平，而后 3 个等级则是垃圾级的水平。从产品设计理论上，资产池（底层基础资产）表现符合预期，加上信用加强手段，可以说优先级 tranche 的高评级是具有可信度的，这些不同风险的评级可以满足不同风险偏好投资人不同的需求。

为什么会产生这些资产证券化产品呢？因为资产证券产品对整个金融市场贡献很大，对发行人和投资人都有不同的好处，对发行人的好处主要有：（1）发行人能够保持和增强自身的借款能力。（2）发行人能够提高自身的资本充足率。（3）发行人能够降低融资成本。对投资人的好处主要有：（1）投资人可以获得符合自己风险偏好的投资回报。（2）投资人的资本可以获得较大的流动性。经历了这次史无前例的金融危机后，到了 2010 年左右，标普开发出了适用 RMBS 的模型体系，来进行评级。各金融机构也吸取教训，最根本的改变就是银行贷款资信审查更加严格，证券化商品的规范标准更缜密，发行信息也更加透明。综上，RMBS 仍是各国央行间最受欢迎的资产之一。根据美联储数据显示，美联储总资产的 25%—30% 还是由 RMBS 构成，可见资产证券化市场在美国的地位之重。而且，从历史数据来看，美国抵押贷款相关债券的市场份额始终在 20% 以上，其每年的发行量占市场份额也达到约 25%。

刚刚我简单介绍了资产证券化产品，其实，信用加强手段金融产品的包装结构是一门学问，比较复杂。有时候有些资产证券产品还被重复证券化，导致检视底层资产时识别不清投资产品，需要非常专业和详细的信息，才能进一步摸透。

最后，说到风险，其实没有完美的系统政策和手册可以杜绝所有的风险，我们只能识别风险进而在风险偏好下管理风险，因为所有的历史经验教训都证明，最终的风险都来自人的操作。

举个上半年 Greensill Capital（格林希尔）违约事件的例子，Greensill 其实就是一家提供传统贸易融资保理业务的公司，利润率相对较低，但是 Greensill 给自己的业务起了一个创新的名称叫作 supply chain financing，同时加入了 AI（人工智能），还有大数据等，把自己包装成了一个金融科技公司。这个公司本身在行业中颇具规模，它的供应链客户有波音、沃达丰等等，都是全球业界数一数二的公司，但是由于 Greensill 采用了人工智能和大数据等功能，用已发生业务拿到的发票进行融资，还加入了预测业务开出的发票，也就是说，这些发票其实还没开出来。另外，Greensill 还通过加入保险增加投资人的信心，同时将这些主营业务证券化进行销售，这听起来跟之前的庞氏骗局有相似之处。

职场那些事儿
——平台与个人发展

李 横

今天我和大家分享的是关于职场平台和个人发展的一点感受。一路走来，从刚迈出校园的青涩茫然到逐步找到自己的职业定位和方向，每每遇到职场转折，都有幸遇到阅历丰富的睿智前辈予以建议和指点，其中有三点令我印象深刻，一直潜移默化地影响着我的判断，帮助我做出适合自己的选择。第一点是“平台对于个人长期发展是至关重要的”；第二点是要明确自我定位，不要错把平台机会当成自己的能力；第三点是“你需要不断地往前走和往上走”。我借此机会和大家分享一下关于这三点的个人理解和感受。

首先，判断职场平台的好坏进而选择适合自己的职场平台，是做好个人发展规划的前提条件。应该说，平台好坏不是由公司规模决定的，无论是大型公司还是初创公司，能学到东西是最重要的，工资收入也很重要但不是最重要的。回想起来，我刚毕业时的第一份工作虽然薪酬不高，但是可以接触到行业内最优秀的前辈，岗位有明确的内容分工，公司有成熟的体系架构、自由的沟通氛围和温和的成长环境，这些对我的个人发展影响非常深远。第一份工作不仅锻炼了我的工作能力，更从零开始培养了我的工作自信。一个人的在校成绩是一方面，进入社会之后，工作能力是另一方面，将专业知识转化为工作思维和能力需要一个过程，而好的平台、好的领导会帮助你平稳过渡和快速成长。

平台好的特征之一是好的领导体系和风格。记得我工作中参与的第一个项目，在前期准备阶段需要阅读和分析大量资料，直管领导会给我必要的时间用心准备；在项目推进中遇到困难时，直管领导会耐心温和地指点帮助，充分信任我的能力；当项目需要别的部门给予支持配合时，直管领导会主动联系其他部门，亲自拜托其他部门同事支持我这个项目；在完成项目汇报PPT时，我只有一个念头，用心做到最好，绝不能辜负领导和同事们的支持。这段经历让我获益匪浅，非常感谢这样一个平台给当初我这个职场小白机会，而这样一个好的管理体系给予我充分的发展空间，好的领导教会我如何用心做事和善待他人，帮助我顺利地开启了个人职场发展之路。

平台好的特征之二是成长快。在一个较好的工作环境中，领导的思维方式、谈判方式等都是现实版的最佳教材，即使工作初期只能做最基础的会议记录，也会获益良多。回想起来，我也曾经做过很多次会议纪要，有谈判时的，有开会时的，最难忘的还是谈判场景，感受双方如何议价，尽管双方气场和语势不断调整，在坚持底线的前提下适时地进退，但过程中始终保持清晰连贯的逻辑。所以，千万不要轻视任何基础性工作，抓住好的平台创造的快速成长的机会，用心投入，一定会有意想不到的收获。

平台好的特征之三是良好的同事关系。在这里，我们要承认一个事实，那就是我们和同事相处的时间远远超过家人，建立起来的情感羁绊有时候甚至多过家人。我们一天中精力最旺盛、头脑最清楚的时间，都是和同事分享的。等我们回到家，往往已经精疲力竭，和家人说不了几句话就要睡觉了。所以，在某种意义上，我们的能力，我们的成绩，我们的期望，包括我们的个人价值和成就感，真正的见证者或许就是我们的同事。这样，同事就在我们的人生里赢得了一个非常特殊的位置，他们同家人、朋友一起构成了我们的人生关系。我们应该明白，大家成为同事并非偶然，这是一系列相互选择的结果。好的平台会为我们创造良好的同事关系。在理想情况下，我认为好的同事关系只有一个标准：你不用担心在工作中犯错，同事彼此照看对方的背后，会及时上前一步补位。反之，眼睁睁看着事情爆发，出事无人补位，承载这样的同事关系的平台不利于个人发展，也没有未来可言。

如果一个平台承载着良好的同事关系，那么大部分员工往往是基于相同的价值观，拥有相同的行事风格，大家步调一致，彼此配合，在工作中一起并肩战斗，共同在职场中拥有了一些无法对外人言传的人生经历。在这些经历里，我们彼此见证了对方的勇敢、勤奋、斗志、创造力和牺牲精神。虽然同事之间存在着竞争的一面，但是无关输赢，无论结果如何都不会失去对彼此的敬意，这种竞争称得上是一种体面的君子之争。即便因为某些原因，有些同事决定转身离去，大家也依然可能维持许多年的友谊。因此，加入一个良好的平台，遇到一帮志趣相投的同事尤为重要，至少你能拥有一个良好的微环境，不管外面状况如何，起码自己身边有一群人，而这一群人可能在未来的岁月里也始终是你的依靠。

其次，我们需要精准地分析和定位自己与平台的关系。无论是在大平台还是在小平台，人和平台的关系是互动的，是互相成就的，这就像时势造英雄，英雄也可以造时势。大家互相推动着前进，才能共同创造更好的成绩和更美好的未来。但是，我们更应该清醒地认识到，没有平台，职场人就失去了用武之地，是平台给了自己资源和做事的机会，帮助自己成长，让自己走得更远。从这个意义上讲，我们应该对平台心怀感激，对那些曾经在平台上帮扶过我们、磨砺过我们的人心怀感激。记得作家李尚龙在《要么出众，要么出局》中写过一句话：“别把机会当能力，别把背景当手腕，别把运气当才华，别把平台当本事。有智而气和，斯为大智；有才而性缓，方为大才。我们需要明白，每个人都是一个个体，离开平台剩下的，才是你的本事。”珍惜所处的平台，善于将平台的资源和优势转化成自身价值，为日后的发展铺平道路，才是一个职场人真正的智慧。

最后，我想说的是，进入一个好的平台，应该不放弃一切机会好好提升自己，不要在乎虚头巴脑的名气和光环，放下虚荣和浮躁，把真本事学到手，只有这样，你才配得上平台给你的光环，具备随时离开这个平台的能力。等你有一天选择离开，希望你已经变成了一块响当当的招牌，依然能很好地生活下去。当今这个时代，我们多数人的职业生涯都处在流动之中，在一个平台阶段性停留之后还要整装重新出发。平台更像是我们工作之路上的驿站，进来的时候要像鲤鱼跳龙门般努力，而离开的时候，要潇洒地挥手，祝福自己待过的平台，毕竟那里有过你的欢笑泪水，留着你深深浅浅的足迹。

生活是公平的，你的付出终将与你的收获成正比，明确地知道自己想要什么，把握好前行的节奏，无须在意太多，在热爱的领域做到极致，毕竟，机会总是留给有准备的人。

下南洋

——马来西亚华人的故事

伍海陵

大家好！（中）大家好！（粤）Hello, how are you all?（英文）Apa Khabar?（马来语）

我用四种马来西亚式问候语跟大家问好，是因为想跟大家聊一聊“下南洋”这个话题。问候语好像有点长，这是马来西亚最普遍的四种问候语言。马来西亚是一个多元种族、语言、文化、宗教并存的国家，我们有着不同肤色、不同信仰、不同习俗……正常来说，不同会使事物变得复杂；然而自1957年独立以来，马来西亚的多元一直都造就了和平共处的独特社会。

我是马来西亚第三代华人，MBC（Malaysia born Chinese）。90多年前，我的爷爷离开了他的家人和家乡广东，艰辛地漂洋过海，兜兜转转最终在马来西亚怡保这个地方落地生根。是什么原因促使像我爷爷这一代或更早的华人，离开家人、离开家乡、离开国家到一个陌生的地方生活？

我们先说一说“南洋”，“下南洋”与“闯关东”“走西口”被并称为近代中国的三次移民潮。每当新老政权交替之时，不堪战乱之苦的百姓与没落的权贵都会纷纷移居海外，东南亚因为易于到达而成为中国移民出国的首选之地。

南洋是明清时期对东南亚一带的称呼，是以中国为中心的一个概念，包括马来群岛、菲律宾群岛、印度尼西亚群岛，也包括中南半岛沿海、马来半岛等地。而广义的南洋还包含当今的印度、澳大利亚、新西兰以及附近的太平洋诸岛。

下南洋的流民中95%以上来自中国福建、广东等省份，这与地理、人文因素极有关系。

如今，中国人的脚步已经遍及全世界。而海外华人中最大的一个群体，就是东南亚华人。他们中的绝大部分，就是几百年前那些在南洋披荆斩棘的开拓者的后代。

好，简单地介绍了“南洋”，我们再说一说马来西亚和马来西亚的华人。 马来西亚（下文我们简称大马）位于东南亚，是由 13 个州和 3 个联邦直辖区组成的联邦制国家。国土分为东西两大部分，国土面积约 33 万平方公里，实行君主立宪议会民主制。大马地理位置接近赤道，属热带海洋性气候，拥有多样化的自然生态环境，全年炎热，潮湿多雨，有“四季皆夏，一雨成秋”之称。

根据 2020 年大马统计局的人口预算统计，大马全国人口约 2970 万，其中马来人为最大族群（占 69.6%），其次为华人（22.6%）、印度人（6.8%）以及其他（1%）。 人民享有宗教信仰自由，多种语言、文化并存。

据中国古代文献记载，华人与南洋（马来西亚）的接触可追溯到两千年前——唐宋时期，就已经有中国商人来大马居住。明朝时期，郑和下西洋开启了华人大规模移民的历史。清末民初，掀起了历史上最大规模的移民潮，大量华人拥入大马。与此同时，英国殖民者势力在大马逐渐扩散，为了掠夺更多资源，引入了大量华人劳工。

大批华人（从中国福建和广东、广西、海南等一带移民至此）为了改善生活迁移到马来西亚，除了少部分人后来选择衣锦还乡外，更多的华人选择在此落地生根，繁衍后代。时至今日，马来西亚华人人口大约 671 万，虽为第二大族群，但目前仅占总人口的 22.6%。经过世代的努力，大马华人已经完全融入马来西亚，积极参与马来西亚政治、经济、教育、文化、社会各领域的发展，为国家建设做出巨大的贡献，产生了深远的影响。

说到大马华人，可以从以下几点说起。

第一，落地生根，百业兴旺。19 世纪以前，马来西亚的锡矿几乎全部由华人开发。当地许多被称作“锡湖”的大型锡矿区，都是华人一锄头一锄头挖出来的。正是由于华人的辛勤开采，马来西亚的锡产量在很长一段时间占据世界锡总产量的一大半。

下南洋的中国人，就这样成了当地经济开发的主力军。他们靠勤奋与努力，改变了马来西亚经济落后的状况。就连英国的海峡殖民地总督瑞天咸（Sir Frank Swettenham）也承认，马来半岛的繁荣昌盛，“皆华侨所造成”。大马华人从最初挖锡矿做苦工，逐渐地走入马来社会。

“日久他乡即故乡，晨昏须荐祖宗香”，马来西亚成了当地华人心中的祖国，福建人移民经商，广东潮汕、客家人经营杂货店，海南人经营咖啡和餐饮业的生意，这些都成为大马的百年老行业。

第二，家国沦陷，英勇抗日；风云变色，迫迁家园；独立建国，共存共荣。第二次世界大战期间，日本侵略大马，开启了三年零八个月的黑暗时期。华人与大马各族人民合作无间，英勇对抗破坏国家安宁的日本侵略者。

战火不断，人们的反殖民意识萌芽，展开了反殖民的武装斗争。英国殖民政府迫使华人迁居至“华人新村”，形成后来华人聚居的社会面貌。

华人与大马各族人民携手合作，共同经历风风雨雨，赢得马来西亚于1957 年 8 月 31 日独立建国。华人从未间断努力巩固与其他种族的关系，互相接纳包容、共存共荣。

第三，团结同心，共筑华社。早年间，华人们为了团结互助、联络感情、共谋发展，建立了各种社团。到了今天，这些华人社团已成为华人社会的领导机构。大马华人一般都会参加两个社团：一是地方社团，二是宗亲会。这些会馆有多重要？据说，早期，如果一个广州人，哪怕是偷渡到南洋，也什么都不需要带，只要找到地方会馆，对方听出你的口音，就可以住下。安顿好后，地方会馆会为新的加入者找工作甚至介绍婚配。“这样一来，这些人的后代，一生都会受社团影响，也知道社团对自己家的帮助。”

我也多次听我爸爸说他小时候的事。周末我爷爷给他几块钱，他就搭公交车从家里出发去怡保市，先去市政府的泳池游个泳，再去电影院看一场电影，晚上就到“台山会馆”报我爷爷的名字，他们就让他在那里吃饭、睡一个晚上。第二天，他又高高兴兴地搭公交车回家了。一直到现在，会馆对大马华人的影响还是深远的。

第四，把根留住，维护华教。19 世纪初华文教育以私塾的形式在马来半岛和新加坡出现，虽历尽艰辛坎坷，但至今从未中断过。无论是受政府法令和政策的限制，还是受马来民族主义情感的制约，许多华人即使被政府囚禁甚至被剥夺公民权，也还是继续团结起来用自己的血汗钱支持创立华校。

现在，马来西亚有 1200 余所华文小学、60 所华文独立中学和 3 所华文大专学院，但马来西亚官方不承认华文中学的文凭，所以华人中学毕业生只能远赴新加坡、中国香港地区、中国台湾地区和海外等高校求学。

由于马来政府推崇保护土著权益政策，各种福利都是马来人优先，因此所有族群必须学习马来语。华人为了融入当地和自身发展，不得不更加努力，从幼儿园开始就要学习 3 种语言（华语、英语、马来语），如果家里有说方言的（如广东、福建），一般还会学第 4 种语言，因此大马华人普遍掌握多种语言。

华人致力于发展华文教育，传承中华优秀传统文化。维护华教之路虽坎坷，但在华人不屈不挠的奋斗下，马来西亚成为中国以外华文教育体系最完善的国家。

第五，大马华人的饮食习惯。大部分华人在家中的饮食以中餐为主，马来西亚的中餐比较接近于中国南方粤菜，由于马来西亚是包含多元种族的国家，华人饮食文化既保留了中国传统的南方口味，同时也根据当地的饮食文化创造了自身的独特风味。大家在办公室楼下餐厅里的怡保或马华点的叻沙汤米粉、炒贵刁或马来椰浆饭（nasi lemak）都不是大马华人平常在家的主食，而是大家平常在小贩中心（hawker centre) 的早、午餐。华人平常在家的饮食还是以三个荤菜、一个汤为主。

第六，身份的认同。新加坡已故前总理李光耀先生曾经说过：Unless

you know where you come from, unless you know what your ancestors has been through, you had no reference point....What makes us different from; say the Thais, the Filipinos or the Sri Lankans. The difference is how we came here, how we develop and that requires a sense of History.

20 世纪后期，新中国成立之初，东南亚的华侨已有 1000 万之多，且 80%是二代或三代华侨。由于民国时期开始对海外华侨承认“双重国籍”，西方国家借此大肆渲染“红色政权”威胁，导致东南亚一些国家认为“共产党中国”的存在是一个威胁。为了避免国际纠纷，1954 年周恩来总理以外长身份在亚非会议上与印尼外长签订了解决华侨国籍问题的条约，根据这一条约，海外华侨在一人一国籍的原则下，自愿选籍。从此中国再也不承认华侨的双重国籍，之后的华侨也慢慢在海外真正地落地生根。到了现在，大部分年轻人已经是华人移民的第三、第四代，他们已经把自己出生成长的国家当成了自己的家。即便如此，大马华人还是非常具有华人认同感的，大马华人以自己是华人会说华语而骄傲自豪，他们身份证的种族栏尾清楚地标示着 CINA（华族，Chinese）。

最近从网上看到几个在马中国留学生做的街头访问，他们在一些华人人口密集的大型商场采访了年轻一代的大马华人，虽然大部分大马年轻人都无法清楚地说出自己的籍贯，但 100% 知道自己的祖籍（如广东、福建、潮州等），50% 没去过中国，但 100% 表示有机会的话一定要回中国看看。

我想我是幸运的，1998 年在父亲和兄弟的组织下，我们二十几个人一起开展了寻根之旅。我们的旅程从北京开始，到郑州、西安、桂林等，一直往南，最后一站到广东。我记得我们从广州白云机场出来的时候心情是兴奋的，但回家乡的路上我们的心情又是复杂的，一切都那么亲切却又是陌生的。

路过的房子有的是好几层楼高的豪宅，有的是一般的旧平房，带路的亲戚说这些豪宅大部分都是在海外、南洋的家人寄钱回来盖的。我想起了小时候，我们经常听到爷爷奶奶或者亲朋好友说给乡下寄钱、寄家电（譬如彩电、冰箱、收音机等），无法回中国的南洋华人用这些补助承载自己一点一滴的思念，希望家人的生活过得好一点。这趟旅程，对我们来说是意义深远的，随着我爷爷奶奶的离去，我们这一代人和我们在中国的家人的关系也慢慢地淡化，但我们清楚地知道自己的根在哪里，中国的家人也知道在地球的另一边有我们这些和他们血脉相连的家人。

其实和在海外的华人、游子一样，下南洋的华人无非是想在追求梦想的同时给家人带去安稳的生活。希望疫情赶快过去，我们大家可以早日跟家人团圆！

有机会的话，我们在马来西亚见！

马来西亚欢迎你！（中）马来西亚欢迎你！（粤）Malaysia Welcomes you!（英文）Selamat datang ke Malaysia!（马来语）

“818”自己
——我和非洲的故事

沈 昊

2021 年 8 月 18 日是光大银行 29 岁生日，“818”除了数字很吉利，谐音也有要挖点什么内幕的意思，那么我今天挖点什么内幕呢？在之前的分享活动中，博学的同事们先后谈到了业务知识、专业技能、天文、地理、历史、文学、文化、传统等等，真是让我大吃一惊，大开眼界。我琢磨着，虽然同事们都来自世界各地，但有非洲工作、生活经历的毕竟是少数。今天，我就聊一聊自己在非洲的经历。

说到非洲，大家能够想到什么？战乱、饥饿、疾病，还是广袤的草原，动物大迁徙，坦桑蓝、祖母绿等各种宝石？这些我今天都不说，我只来说说自己所见、所闻、所感，尤其是自己觉得有意思、有感触的事情。

我 2011 年初被派驻津巴布韦，2012 年转派安哥拉，2015 年离开非洲。由于工作上的要求，我们所谓的驻外其实就是出长差，国内、国外得两头跑，不少的时间都在飞机上。首先说说津巴布韦，一个原英国殖民地国家，号称伦敦后花园、非洲菜篮子，是一个非常美丽富饶的国家，不过这里要加一个时间定语“曾经”。津巴布韦现在的日子可不太好过，但综合比较下来，津巴布韦的城市风格和澳洲差不多，同事们可能都去过 Dubbo、Goulburn 这些小城镇，津巴布韦的主要城市哈拉雷、布拉瓦约的布局基本上就和这些小城镇一样，只是有点过于衰败。值得一提的是，由于纬度差不多，津巴布韦同样以蓝花楹而著名。

先讲一件非常有意思的事情。20 世纪 80 年代末，中国向津巴布韦派出了援助队并一直保持至今，其中一支援助队是由湖北一冶总工程师带队派出的，在援助期结束后，这个工程师的女儿就选择了留在津巴布韦，现在是津巴布韦知名的华人领袖，中津友好协会的会长宋黎女士，我们当时都叫她宋姐。听她跟我们讲，她家刚搬来的时候，首都哈拉雷的公共洗手间居然是有冷热双出的自来水，援助队都没有见过，当时就蒙了，一度怀疑这是谁该援助谁呢，由此可见津巴布韦以前的富足。宋姐凭着武汉小嫂子特有的坚韧不拔、吃苦耐劳以及优秀的综合素质，把在津巴布韦的生意做得风生水起，风风火火，旗下拥有全国最大的制革厂、第二大的制鞋厂、度假村等等，业务涉及多个领域。

津巴布韦是一个非常重视教育的国家，津巴布韦大学一直是南部非洲最好的大学之一，校园和澳洲的伍伦贡大学差不多，具有浓重的英式风格，但因为常年缺乏维护，衰败了很多。津巴布韦重视教育还体现在即使在经济最困难的时期，虽然 GDP 只有几十亿美金仍在坚持实施基础义务教育。因此，津巴布韦各个阶层的黑人都非常文明绅士，热情友好，不会大声喧哗，说话慢条斯理，即使生活再困苦，脸上也都充满了笑容。"你好""谢谢"等中文也经常能听到，处处体现着他们文明的教养。

重视教育这件事可能部分要归功于 20 世纪 80 年代到 90 年代主管教育的内阁部长，他是第三代在津华裔，骨子里有再穷不能穷教育的传统理念，重视教育，重视培养人才。津巴布韦一直是南部非洲的人才发源地，在国家大局势不太好的情况下，这些社会精英都去了南部非洲经济较好的几个国家打工，比如在南非、纳米比亚、博茨瓦纳等国，很多医生都是津巴布韦人，所以每年汇回津巴布韦的外汇非常多。说到外汇，再来说说有趣的津巴布韦货币——津巴布韦元，它简直就是人类货币史上的耻辱。简单来说，20 世纪 80 年代初 1 津元还相当于 1.5 美元，到后来土地革命失败，连年通货膨胀，提一捆钱买个土豆并不稀奇，有点类似于中国国民党政府后期的金圆券。到了 2009 年，津巴布韦最大的货币面值居然是 100 万亿，也就是 1 后面 14 个 0，这个面值创下了世界纪录。至此，津巴布韦成了一个除了不缺钱，什么都缺的国家。现在，津巴布韦 100 万亿元的蓝色现钞已经成了收藏者的最爱，在中国一张大概能卖 500 元人民币。

津巴布韦最著名的旅游胜地是维多利亚大瀑布，位于津巴布韦与赞比亚的交界处，赞比西河下游，是世界三大瀑布之一。另外两大瀑布是加拿大与美国交界处的尼亚加拉瀑布，阿根廷与巴西交界处的伊瓜苏瀑布，但维多利亚瀑布是最大的单体瀑布，全宽 1.7 公里，看上去更为壮阔。我刚好在雨季去过几次，进景区后，上升的水汽造成了下暴雨的天气现象，特别有意思，双彩虹、三彩虹随处可见。在景区旁边有个维多利亚酒店，里面的女士洗手间是以前女王用过的，据说特别典雅，所以也快成了一个景点。很多女性游客到了这个地方，一定要去体验一下这个洗手间，遗憾的是这个景点我没有去过。在酒店的大草坪上可以眺望瀑布的水涧，一边是赞比亚，一边是津巴布韦，同为日不落帝国殖民地。若干年前，这里挂的是米字旗，可以想象一下英国的帝国主义殖民者多会享受生活。

说到津巴布韦，不得不提的还有它高质量的烟草，世界各国的烟草公司长期派人在当地参与烟草拍卖。实际上，有些香烟品牌的定价除了品牌溢价外，一包香烟的价格还取决于其中津巴布韦烟叶的含量。

下面再来说说我工作的第二站，安哥拉，一个更有话题的国家，原属于葡萄牙势力范围，相较于津巴布韦黑人的彬彬有礼、目光温和，安哥拉黑人是典型的中西非黑人，肤色更深，黑得发亮，就是篮球运动员乔丹那种，目光坚毅凶狠，有些人一看上去就像攻击性很强。为什么安哥拉的老百姓看上去攻击性这么强？我们翻翻历史就知道了，这个国家长期处于战争状态，从 20 世纪 60 年代初就开始了民族独立的武装斗争，经过 11 年的艰苦奋战，终于在 1975 年赶走了葡萄牙人，然后三个党派互相厮杀，一直到 2002 年才结束内战，相当于这个国家打了 41 年的仗，14 年抗战，27 年内战，可想民风之彪悍。我们中国人常开玩笑，说在首都罗安达城里，只有蚊虫，像小狗、小猫这种小动物是看不到的，因为能吃的动物都被贫穷的老百姓吃掉了。这虽然是一个玩笑，也是一个事实。再就是安哥拉人有股莫名其妙的、胜利者的傲娇劲，在我们谈判项目时经常有这种体会。安哥拉人有点像《七龙珠》里的贝吉塔，虽然水平有限，但让人感觉非常不可一世。

战争结束，百废待兴。安哥拉石油、钻石等自然资源丰富，尤其是深海石油储量较大，安哥拉政府一方面通过权益油的形式与西方大型石油公司合作，提高开采能力；另一方面与中国合作出口石油，所得资金用来改善基础设施方面的不足。近年来，安哥拉一直是中国最大的石油来源国，与沙特阿拉伯不相上下，直到最近两年，疫情影响到了深海石油的开采。2003年，中安两国签署的政府框架协议，创立了中非合作的典范安哥拉模式，远赴安哥拉务工的中国人有30万之多，这还仅仅只是合法在册的。安哥拉是中国最大的海外工程承包地，具体情况我就不介绍了，有兴趣的同事可以自行查询。我就是那30万分之一，也基本算是安哥拉模式的亲历者、参与者和践行者。石油给了这个国家一夜暴富的机会，所有在石油产业链条上的人都成为社会金字塔顶端的群体，造成社会严重畸形，两极分化极其严重。

安哥拉首都罗安达常年是世界物价水平最高的城市，没有之一，有非洲小迪拜的外号，物价高到什么地步？一个条件稍好的三房公寓租金大约在10000美金上下。但是，罗安达的社会贫富差距很大，社会治安非常糟糕。说一个比较令人心酸的笑话，但也是真事儿。大概在2011年的时候，一天晚上，某中资施工企业基地遭到歹徒持枪抢劫，所有的办公电子设备都被抢跑了，中国企业报警，当然报警和没报警也差不多，没有什么太大的作用。结果，第二天，这群劫匪又来了，原来他们头一天晚上抢了设备，但忘了拿充电器，所以这次他们又来抢充电器，实在是匪夷所思。可恨的是治安之差让抢劫如此常见，可笑的是这群劫匪智商如此让人着急。

罗安达还有一件非常有特色的事情——堵车，罗安达的堵比北京的堵还要夸张，廉价的石油促使大量中上层阶级的人拥有了汽车，但是首都道路的基础设施并没有得到相应发展。罗安达堵到什么程度？举个例子，我们经常要和财政部人员开会，财政部的所在地在市中心，我们住在郊外，如果不堵车，大概也就30多分钟的车程，如果我们上午的会议约在9点，我们大概5点就要起床了，5点半出发，基本上就是这么一步一步地挪过去，要花两到三个小时才能达到目的地，而且途中还不能打瞌睡，要保持高度警惕，担心车流中出现劫匪。

再后来，我在南非还待过一段时间。南非号称彩虹之国，这个国家和津巴布韦一样很美丽，但也非常可惜，南非独立并解除种族隔离制度后，并没有走向成功，反而逐步没落，社会治安也很差，经济上有点像阿根廷，高开低走，典型的一手好牌打得稀烂，所以对他们的伟人国父曼德拉的评价也出现了非常多的争议。在这里还是要提醒一下喜欢旅游的朋友，一定不要错过开普敦这个城市，实在是太美丽了。

在非洲，除了治安，还有一个非常严峻的健康威胁——疟疾，也就是俗称的“打摆子”。我身边有不少同事、朋友都中了招，“捡回一条命”并不是特别夸张的形容。所以在非洲，不管你来自哪个国家，一定都非常感谢中国伟大的诺贝尔奖获得者屠呦呦。

在我以前的工作单位，业务分工如同把地球当西瓜一样几刀切下去，不同的分行认领不同的国家做业务，我所在的部门负责葡萄牙、莫桑比克、津巴布韦、安哥拉、赤道几内亚和马拉维等，主要以葡语系国家为主。这一刀把津巴布韦、安哥拉和赤道几内亚三个被西方国家认定为独裁的国家切到了一块，如果再加上喀麦隆，这就是全世界四大独裁之国凑齐了。津巴布韦、安哥拉和赤道几内亚的国家元首，分别是赫赫有名的穆加贝、多斯桑多斯和奥比昂，他们就是所谓的超长待机领导人，执政都超过了30年以上。其中，奥比昂现仍在执政，已经有40多年了。前段时间，我还看到他注射中国科兴疫苗的报道。这些被西方国家认定的独裁者，在他们国内从某种意义上来说都是民族英雄，带领自己的国家脱离殖民统治走向独立，但是独立之后的治国方略似乎与我们常说的“治大国如烹小鲜”的水平相去甚远。

总的来说，非洲很多国家的社会架构和法律体系远超过他们的生产力，同时许多国家的军人处于政治强势地位，导致假民主盛行，腐败横生，社会经济发展缓慢，社会割裂严重，多数人口仍生活在贫困线以下。

最后谈几件令我深有感触的事情。有些事情虽然很微不足道，但仍然在某个时刻确实真真切切触动过我。

第一件事情发生在被派驻安哥拉期间。每当我们到了驻地，都会从某中资企业借调一名高姓后勤人员，由我们支付工资，我们称呼他高师傅。高师傅是山东人，一位淳朴内向、操着一口浓郁山东口音的汉子。有一次，我问他：高师傅你有几个小孩，多大了？高师傅说有两个，大的15岁，小的年纪高师傅居然一下没有记起来，搞得他黝黑的皮肤下满脸通红。憋了半天，他对我说："我把我家小的出生年份搞忘了。"那真是一个大写的尴尬。高师傅2006年到安哥拉，截止到我在非洲的2015年，已经驻外9年了，由于是外包用工，为了节约钱几年才回一趟国，与家人聚少离多。虽然这是一件小事，但可以看出咱们中国人为了生计也好，为了业务也罢，都是那么努力。前段时间，我和他在微信上取得了联系，他现在又随中水电到了阿尔及利亚，仍在非洲掌勺，这一晃就在非洲熬了15年，也不知道会不会再次有人问起他家的孩子，他是否能回答得了这个问题。

第二件事是2015年11月的一则马里新闻，这里我先读一下新闻原稿："当地时间11月20日早7时许，首都巴马科丽森酒店遭遇武装分子袭击，酒店内约170名客人和员工被歹徒扣为人质，其中有7名中国公民。经中国驻马里大使馆确认，在此次劫持事件中有三名中国人不幸遇难，他们分别是中国铁建国际集团总经理周天晓，副总经理王选尚，西非公司总经理常学辉……"当时中铁建的领导正在酒店等待来访的马里交通部长，约着一起去看项目，实地考察。我和新闻中的王选尚较为熟识，由于安哥拉业务量大，他虽然是国际公司副总，但常年在安哥拉工作生活。来自陕西的王总是一位典型的西北人，热情爽朗，而且非常敬业。我记得非常清楚，当时我正在北京出差，车行至长安街，车水马龙，灯火辉煌，看到朋友发来的这则新闻时，一股莫名的巨大悲伤瞬间涌上心头。像王总这样拼搏在海外的中国人实在值得敬佩，正是有了这么一群人，我们的国家才有了基建狂魔的称号，取得了巨大的建设成就。

第三件事则是一篇小说。前段时间，我曾经的分管领导退休了，他发挥余热，把自己在安哥拉的经历写成了一篇中篇小说，发表在国内创刊最早、发行量最大的文学刊物《小说月报》上，还是2021年的新年特刊。领导很是高兴，给我寄了几本过来。小说讲述了三个北京年轻人于20世纪90年代一起赴安哥拉，从小商小贩开始创业的故事。故事是真实的，大家可以搜索一下广德国际这个公司，他们在全球各地都有投资。创始人许宁先生已是中安商会的会长，可以说是非洲创业的成功典范，当然过程是非常艰辛的。许多人都无法想象，在那种治安恶劣、满是蚊虫、语言不通、疾病肆虐的环境下，还要保持高昂的创业热情，还有些中国人常年住在集装箱里，条件异常艰苦。他们有着与天斗与地斗的无限斗志，有着坚定不移的决心和坚韧不拔的品质。我跑了世界不少的地方，无论在哪个国家，即使条件再艰苦，生活环境再差，都可以看到一群努力向上、奋斗拼搏的中国人，正是他们把中国的经济文化以及影响力带到了世界各个角落，这也是中国软实力的真实写照。

我在非洲待了几年，飞了几十万公里，见过富裕的石油大亨，见过吃了上顿没下顿的贫苦黑人，参与过接待高级首长，也与不少中国劳工拉过家常，做过贷款项目，跑过施工工地，在谈判桌上和黑人据理力争过，被当地警察拦下勒索过，碰到打劫的踩一脚油加速逃跑也发生过几次。回头想想，这些都是人生的宝贵经历。在非洲工作确实有几分艰难，甚至危险，但相较于那些单枪匹马背井离乡，无组织依靠的中国同胞们，我们这点困难真算不上什么。我们从他们身上看到了中国人那种坚韧不拔、百折不挠的精神，也许这就是我们国家能够迅速崛起的根本原因。

回国后，我也时常会跟朋友、同事再次聊起非洲，总结起来就是一个顺口溜：身上两块布，吃饭靠大树，发展靠援助，说话不算数。在那里工作、生活过的人，会有一种没去非洲怕非洲、到了非洲爱非洲、离开非洲想非洲的特殊感受。当然，我对非洲的理解也很片面，主要局限于南部非洲的几个特定国家，非洲还有很多美丽的地方非常值得一去，比如去肯尼亚看动物，去纳米比亚看红沙漠，去南非走花园大道，等等。最值得珍惜的是，我在非洲也结识了不少朋友，有前辈，有热血的青年人，我一直被他们那种敬业、坚持、勇敢、乐观感染着。后来兜兜转转，有些竟然在澳洲又相遇了，我时常感叹世界如此之小。

由于工作经历的关系，我一直关注着一些关于非洲的公众号和网站，看到现在非洲疫情也非常严重，很多情况异常悲惨。这里我就不再过多说了，希望我们这些在海外的中国人，无论是在非洲、在澳洲或者在世界其他国家都能够平平安安。对比新冠疫情这个人类的大灾难，想到自己加入了光大银行这个大家庭，体验互帮互助的家园文化，身在海外的自己是很幸运的。

问道王阳明

潘　振

王阳明的思想博大精深，个人理解能力有限，想通过这么短的时间讲清楚也是不可能的。所以，这次只能说是做一些简要介绍，分享一点我的学习心得，大家有兴趣的话可以再深入研究。

首先，王阳明的成就有多高呢？有人说中国历史上有两个半圣人，第一位是范行长第一期介绍过的孔子，第二位就是王阳明，还有半个是曾国藩。古人讲圣人需要立德、立功、立言三不朽，王阳明占全了：立德，他授课育人，弟子满天下，是道德楷模；立功，他为明朝立下不世之功，几乎没有失败过；立言，他提出心学，与程朱理学分庭抗礼，成为儒学又一宗。严格来说，中国历史上能做到“三不朽”的，大概只有王阳明一个。

传奇的人有传奇的人生，简要介绍一下王阳明的生平。王阳明名字叫王守仁，阳明是他的号。他生于明代中期浙江的书香门第，父亲考中了状元，在京为官。王阳明少年时就志向远大，十一二岁在京城读书时，他问老师何谓第一等事，就是说人生最重要的目标是什么。老师说，只有读书考取科举功名最重要。他却不同意，他认为第一等事应该是读书学做圣贤。年轻时他除了读书，还喜欢骑射，15 岁时就到居庸关外观察北边的地势和军事防务。中了进士之后，他开始深入研习佛家和道家的学说。35 岁时，他因为得罪了太监刘瑾，被廷杖四十，贬谪到贵州龙场，任龙场驿的驿丞，途中还遭到刘瑾派来的刺客追杀，死里逃生。

在龙场的生活十分艰难，但也正是在这个人生低谷，他实现了思想上的顿悟，创立了“知行合一”的心学思想。后来，他又得到朝廷重用，官职逐步提升。47 岁时，他要去福建办理公务，路过江西，正好碰到宁王在江西发动叛乱，王阳明立刻在当地组织兵力，用了疑兵计、反间计、围魏救赵计、诱敌深入计、火攻计，最后在鄱阳湖大破叛军。他用兵如神，仅用了35天就生擒宁王，这是足以封侯的大功劳了。然而，当时的正德皇帝很贪玩，他听说宁王叛乱后十分兴奋，想好好地跟宁王打一仗，结果兵还没出城，就收到了王阳明平定叛乱的消息，大失所望，当时就想把宁王放到鄱阳湖里再捉一回。如果真的再打一回，不知道又要死多少人，王阳明拼死阻止了皇帝的想法。这段故事特别精彩，大家有兴趣的话可以找一些资料看看。除了这一大功劳，王阳明还立了两次很大的军功，他用了很少的损失就平定了赣南和广西的土匪，这两处匪乱困扰朝廷几十年，王阳明每次平叛匪乱用时都不超过两年。

以上是他立下的功劳，他在忙于军事和政务的间隙，还广招弟子传播心学。我们接下来看看王阳明思想的主要内容。

王阳明学说被称为心学，主要的思想记录在《传习录》里。首先要说明一下，王阳明的心学还是儒家学说，所以心学的目标跟儒家思想是一脉相承的，儒家思想的人生目标是做君子，也就是王阳明口中的圣贤，按《大学》里讲的就是要格物、致知、诚意、正心、修身、齐家、治国、平天下。所以王阳明心学的目标也是这个。

王阳明心学的主要观点有三条：心即理；知行合一；致良知。

第一条，心即理，是与当时流行的宋朝程朱理学针锋相对的，程朱理学提倡格物致知，认为天理存在于具体的万物之中，需要到外部世界寻找天理。但王阳明认为，天理不存在于万物之中，而是存在于自己的内心。关于心即理有一段很有名的论述，叫"岩中花树"。《传习录》记载，先生游南镇，一友指岩中花树问曰："天下无心外之物，如此花树在深山中自开自落，与我心亦何相关？"先生曰："你未看此花时，此花与汝心同归于寂；你来看此花时，此花颜色一时明白起来，便知此花不在你的心外。"这段话强调了认识主体的作用，花当然还是花，如果没有人看到就是沉寂的，而不同的人看到的花也会不同，打个比方，姑娘看到花会把它作为装饰，诗人看到花会写出诗句，药师看到花会认为是好药材。所以，对花的认识，取决于你的认知。

第二条，知行合一，这一条也是与当时的宋明理学对立的，宋明理学强调先知后行，知为先，行为重，过于把儒学概念化、抽象化，有点叠床架屋，使儒学陷于争论。王阳明提出知行合一更强调道德的实践和行动。知行合一的意思一是说行动要符合我们的认知，表里要如一；二是说事情如果想清楚了，就要立刻行动。王阳明特别强调人要通过做事去磨练，不断提升自己的“知”。

第三条，致良知。王阳明晚年的时候将他的思想总结为“致良知”三个字。良知最早从孟子处来，是说人天生的、自觉的道德意识，发端于人在平常生活中自然而然具有的恻隐之心、是非之心。“致”有推广的意思，一方面要将自己的良知发挥出来，提升自己的道德水准，另一方面也要在实践中推行自己的良知，所以致良知就包含了知行合一的意思。而良知是人与生俱来的，因此王阳明思想认为只要能做到致良知，每个人都可以成为圣贤。

以上就是王阳明心学的主要观点。王阳明的思想中，除了继承了儒家的学说，还融入了佛家、道家的思想，比如他的心即理就是融入了佛家禅宗的思想。所以，一般认为王阳明思想达到了中国古代思想史上的最高峰。也有人将他的学说跟西方马丁·路德的宗教改革以及文艺复兴、启蒙运动相比，宗教改革强调信徒们不需要教廷和教皇，人人都可以自己与上帝进行心与心的沟通，也是让人们从向外求转向向内求。

王阳明心学的影响也非常大，后世有很多名人崇拜或推崇王阳明，心学弟子如明朝的徐阶、张居正等，后世如清代的曾国藩、李鸿章等，近代的梁启超、孙中山、蒋介石甚至毛泽东都受到过他的影响。心学对日本影响也很大，明治维新就是在引入了阳明心学之后推动的，明治维新中很多重要人物都是阳明心学信徒。

最后，我想再谈一谈阳明心学在现代社会中的意义。

阳明心学毕竟是古代社会产生的理论，现在社会环境已经发生了很大变化，比如工业化带来了大生产和物质的丰富，也使传统熟人社会变为陌生人社会，过去的家族礼法很难再恢复。经过启蒙运动后，宗教信仰对西方社会的影响减少了，所以尼采就说“上帝死了”，西方社会从一个精神家园出走，进入一个价值多元的社会。尊重差异，尊重每个人的选择，但其实每个人的选择到底是不是对的，很多人自己都不知道，所以现代社会就产生了人们的精神危机，人们的心变得无处安放。

阳明心学作为儒家的传统学说，其中像儒家的三纲五常、严格礼法制度等肯定无法适用于现代社会。但中国人本来就没有宗教传统，儒家思想更关注人与人之间的关系，阳明心学将儒家思想进一步发展。因此，在现代社会，理解阳明心学就有了更重要的意义。

首先，阳明心学告诉我们，人人都有良知，而且告诉我们一条道德人格的上升通道，这彰显了人性本来的光辉，人不应该向下沉沦，不能为物欲所奴役，这一点，可以对抗当今社会的拜金主义、享乐主义、虚无主义，唤醒现代人的心灵，使人心安。

其次，致良知除了指道德上的提升，我认为还有更广泛的认知提升的意思。王阳明在军事上取得巨大成就，可不只是因为他道德高尚，而是因为他对军事理论和人心的认知已经达到了相当的高度，是他长期践行致良知的结果。现在我们经常听到，你的人生高度很大程度上由你的认知水平所决定。所以，想让自己的人生更有高度，我们就要努力学习知识，并加以思考、领悟，从知识中汲取智慧，提升自己的认知能力。

最后，也是我认为最重要的一条，阳明心学思想告诉我们要勇于实践，理论和认知只有和实践相结合，才能不断提升。其实，毛主席提出的实践论，邓小平提出的摸着石头过河，还有现在一个重要的思想就是互联网产品要不断地迭代升级，这些与知行合一的思想都是相通的。所以，我们想好了就要行动起来，不能让想法只是停留在脑子里或者纸面上。

在这里，给大家提个问题吧，看看大家有什么想法。这个问题也是我在思考知行合一的时候有点困惑的。咱们前面说到日本受到了阳明心学的影响，开始了明治维新，走向了强国之路，但大家知道，明治维新最终造就了一个军国主义的法西斯国家，给中国和亚洲很多国家带来了灾难。还有德国，德国人也一向以做事严谨著称，执行力特别强，这在和平年代能够带来经济繁荣，但在战争年代就会给其他人带来灾难。二战期间，德国法西斯屠杀了600万犹太人，很多参与屠杀的德国人也是普通人，他们只是每天做好自己的工作，有的负责把犹太人运到集中营，有的把他们送进毒气室，有的负责按按钮，有的负责清理尸体。这些普通人完成白天的工作，晚上回家和家人过平常的日子。他们也会认为他们是知行合一的，很多人并没有意识到自己的行为哪里有问题。大家可以看到，我们很多时候并不能意识到我们的认知有错，但如果我们把错误的认知付诸行动，可能会造成严重的后果。所以，我的问题是，不论是社会还是我们每个人，怎么才能避免由一些错误认知导致极端的错误行为？知行合一的行是不是应该有一个界限？这个界限在哪里呢？请大家谈谈自己的看法。

附：沙龙讨论回复精选

1. 阳明心学把儒家思想推向了新高度，纠正了程朱理学过于注重理而轻于行的倾向，使儒学从空中回到了地上。心学对后世的影响深远，到曾国藩又达到了一个新高度，曾国藩的湘军的战斗力对湖南省更是影响深远。有人说新民主主义革命是一群湖南人领导的，其实一点也不为过。日本的军国主义和德国的法西斯其实是丧失了良知，没有良知便可以视生命如草芥，也注定了疯狂后的覆灭。从大处看国家，从小处看个人，无不如此，仁者爱人，而众爱之。其实结合目前的国际形势，也可以看到，大道之行，在于人类命运共同体，实现大同世界才是正道。

2. 您提到行的边界，我想心有所寄（寄托）/ 忌（忌惮），行有所羁。

也许是在识本我，知本心后，依然有原则不逾矩，不强人所难，不哗众取宠；以怜悯的心和谦逊的姿态，无论何时都保持乐观和真诚的生活态度。这种善念的“知”不断引领自我能力扩展，从而延伸正向的“行”，这才是真正的内外逻辑自洽，知行合一。

3. 关于行的界限还是要回到知上来。就是说，你的行为不能盲目，一定要有思考。以题目中的德国人为例，每个人都负责任地工作，但是如果大家都能多一点思考，分析前因后果，再去行的时候会不会不一样呢?

4. 所谓知行合一，知是行的开始，行是知的完成，由此也能看出来良知的重要性，要不断学习，开阔视野，心有良知，行为才不会失之偏颇。

5. 即知即行乃智，不知而行乃愚，知而不行乃蠢。知是前提，行才是终极。

6. 回想起校园求学时期，与同窗好友们聊起国内外哲学思想的青葱岁月，尤其是关于阳明心学，还记得大家就诸如“心学理论是一个闭环系统，还是一个开放状态”“如何剔除主观意念，达到以物对物，物各付物的境界”等话题争论得面红耳赤。这么多年过去，才发现努力做到知行合一其实是人生的修行，也是人生境界的不断提升。

7. 在极端的历史大环境下，个人很难突破时代的局限性，要保持良知，同时日拱一卒，不断践行知行合一，先思考，再实践，再思考，再实践，不断推翻前面思考和实践的成果，努力提高个人修养和境界。阳明心学的忠实信徒东乡平八郎曾经说：“不怕被人笑话自己愚鲁，最后的胜利一定归于诚实努力的人。”

8. 有一个笑话，说精神病院有个病人每天都蹲在阴凉处打着伞，医生为了治疗他，也打着伞蹲在他旁边，病人问他：“你也是一朵蘑菇？”精神病人在我们眼中是全面疯癫，然而他的逻辑常常是正常的：比如以为自己是蘑菇所以打着伞待在阴凉处；比如不让人碰，因为他认知自己是块玻璃。当然如果只是认为自己是蘑菇或是块玻璃，这样的妄想是很容易被外界辨认的。但在日常生活中，我们很难轻易辨认彼此对事物的认知，基于认知的偏差，后面逻辑思维再正确，再严密，结果也不一定是对的，更不用说再后面的行。以理性著称的德国民众是不是因此识别不了这个“疯子”，然后卷入“集体性精神错乱”？

9. 既然是知行合一，那么行的边界还要从知的层面来寻找。关于二战中德国人屠杀犹太人有很多反思，比较著名的比如阿伦特写的《极权主义的起源》，以及德国一些历史学家和哲学家的著作，大屠杀研究在德国的史学界是一个重要部分。作为普通人，在那样的背景下想要坚守是很难的事，但并不能说他们没有选择，当然这种情况下坚持良知就更难能可贵。致良知是让我们坚持自己的道德追求，这里面就包含了一些符合良知的道德边界和底线，最基本的就是对生命的尊重，当然还可以有不损人利己、诚实守信、对父母尽孝、对朋友尽义、对事业尽忠等等。守住了这些底线，即使一时认识上有了偏差，行为上也不会太出格。有了底线，才能知敬畏，有禁忌，然后才能谈有更高的追求。我想致良知的最高境界就是从心所欲而不逾矩吧，高人们可以通过修行把这些底线内化为自己行为的界线，我们普通人做不到这一步，但在行动之前还是可以再思考一下自己的行为是不是越线了。

量子力学之双缝干涉实验

李　丽

双缝干涉实验是量子力学最经典的实验，颠覆你对一切的认知，甚至让你怀疑现实世界。

为了知道光到底是波还是粒子，科学家做了著名的双缝干涉实验，基于这个实验，量子力学被人们所接受。在我们的常识中，我们观测到的光的现象要么表现出粒子性，要么表现出波动性，比如一只飞行中的蚊子，尽管它不停地飞来飞去，让你眼花缭乱，但实际上它在每一个时间点只会出现在一个位置，这就是粒子性。比如你往水里扔一颗石头，当它落入水中的时候所产生的涟漪就是波动性。而在微观世界里，我们的常识就不那么好用了。因为那些微小的粒子具有波粒二象性，简单地讲就是它们的行动方式既可以是波动性质，也可以是粒子性质。

双缝干涉实验就是为了演示微观粒子具有波粒二象性而做的实验。具体实验步骤如下，科学家制造与地面垂直的两条平行线，并在双缝的后面放置一个探测屏幕，另一端放一个发射器，通过双缝向屏幕发射粒子。神奇的事情发生了，粒子通过双缝后并没有按照正常轨迹形成两条平行于双缝的条纹，而是出现了多条明暗相间互相干涉的条纹，由此可以看出这个实验结果显示出了干涉现象。也就是说，粒子在运动过程中表现出了波的性质，它能够以波的形式同时穿过两条缝隙，并且与自己产生干涉现象，这便是量子力学中的叠加态原理。

看到这里，你肯定会认为这并不恐怖，别急，我们接着讲。虽然我们无法直接看见粒子，但是可以通过感应装置来观察它。为了搞明白粒子在这个过程中的运动轨迹，研究人员在两个缝隙上都安装了能够观测粒子的感应装置，这样我们就可以知道粒子到底是通过了哪一个缝隙。诡异的事情发生了，当研究人员安装了感应装置之后，再次进行双缝试验时，他们惊奇地发现粒子的干涉条纹消失了，不管发射多少个粒子，它们都只表现出粒子性。而当研究人员移除了感应装置，粒子的干涉条纹马上又出现了。这个实验的结果，让科学家感到非常困惑。这便是量子力学中第二定律观察者原理，你只要观测就会引起叠加态的坍塌，并看到一个确定无疑的结果，光是波还是粒子，似乎都说得过去。通俗地说，就是光既可以表现出波的性质，又可以表现出粒子的性质，而这其中的变量是观测方式。

科学家改变实验方式，摄像机放在挡板前，但是未开机，当粒子快撞上挡板时，突然开机，瞬间粒子从波变到粒子。粒子仿佛跨越时间回到过去。也就是说，粒子可以控制实验结果。实验结果使人们对世界的真实性产生了怀疑。当我们未观测时，事物是否以波函数形式存在？我们的世界是不是真实的呢？

聊聊澳大利亚房产投资那些事

葛广东

房产投资的话题很大，也很热门，而且相关内容更是百家争鸣。澳洲房产交易记录系统比较公开和完善，各大银行、各大专业机构一般都会定时出具房价预测方面的报告。

一、澳洲房屋中位价

通常澳洲公布的房价是中位价，在一定时期内售出的所有房屋的价格由高到低排列，去掉两边，中间的成交价就是中位价，不是平均的概念。中位价是按套为单位来衡量的，不是按平方米计算的。尽管有些中文报道中说平均价，但英文说的是 Median Price（中位价），通常分为公寓和住宅中位价。澳洲每个城市、区域的中位价数据都很容易找到。中位价对房价趋势变化方面具有一定的参考价值，因它所体现的是某一段时间内房屋实际成交的价格，但中位价并不是一个完美的衡量标准。如果在某段时间内有大量较贵或较便宜的房产成交，或者某段时间房产交易较少，那么中位价的变动就不能反映房价的真实情况。比如墨尔本的 St Kilda 区，公寓中位价在 2020 年前 9 个月上涨了 18%，从 2020 年 9 月到 2021 年 8 月公寓中位价下降了 11.2%，这个波动方向与我们感受到的整体市场房价变化情况正好相反。

在观察个体房价的时候，不论是哪个州，你都会发现几年间不同地区房价的表现会有很大的差异。同样是 2000 年前后在悉尼买的房子，有的经过 20 年增长了四五倍，而有的只增长了 30%。还有一种情况，即使是在同一时期、同一地区、基本相同的房子，成交价有的能相差到 10% 或更多，尤其是拍卖的热门房产。我说的这些数据都是从真实的案例中得来的，个体房产兑现的涨跌幅度可能会与整体房价的变动趋势有很大的不同。

二、关于负扣税

投资房产的过程中如果出现了亏损，这部分亏损就可以直接抵销你的收入来降低应纳税款。虽然负扣税不是投资的主要目的，好的投资还是应以资本增值税（CGT）收尾，但是负扣税对投资者来说是一个非常有利的因素，可以使投资者降低成本，维持投资能力。投资房产形成负扣税的很大原因就是折旧，折旧是用来计算每年资产折损的账面价值，自住房是不计算折旧的，土地部分也是不计算折旧的。即使你是正收益的投资房产，因为有账面上的折旧存在，每年仍然可能从税局获得几千澳元的退税。举一个简单的例子，比如你有一个投资房某年的净收入（也就是租金收入减去所有支出后）是2000澳元，当年折旧12000澳元，这样就形成一个10000澳元的账面上的亏损。如果你的个人收入所得税税率处在32.5%那一档，那么当年你就可以少缴3250澳元的税款（从已预缴所得税中退回），当年的投资收益就由1350澳元变成5250澳元。从这个数字可以看出，折旧贡献了大部分的投资收益，对公寓来说尤其是新公寓来说更是如此。

当然有人会说在卖房子的时候用过的折旧额是要加回来计算资本增值税的，但是持有一年以上的投资房产资本增值税有50%的优惠，而且还可以选择合适的卖房时间点来适当减少资本增值税。另外，从资金的时间价值以及对维护房产投资的现金流改善作用来看，负扣税的好处还是非常多的。

房屋折旧包括对建筑结构、墙面、电梯等不可移除部分和针对可以移除或加装部分（比如设备、电器、地毯、窗帘等）的折旧。在2017年5月9日之后购入二手房的业主，将不能对原有的可以移除或加装的部分再进行折旧。这使得今后购买新房与二手房在每年折旧额上差异较大，这种明显的差异可以持续到新房购买之后的第7年甚至第10年。新房前几年的折旧额很大，这也是为什么有人在投资一套新房七八年后卖掉再换一套新房投资所考虑的原因之一。一套100万澳元新公寓首年折旧额可以达到28000澳元，而同样价位的二手房每年的折旧额可能只有8000澳元，一年的折旧额相差20000万澳元。折旧额乘以个人收入对应的所得税税率，就能体现折旧这一项对现金流及当年投资收益的影响。

过去我们时不时会听到，工党要废除负扣税政策。在2021年7月，工党宣布不再主张废除这些政策，这意味着无论2022年5月大选后是工党执政还是自由党执政，负扣税政策和增值税优惠减半政策还会保留，这对房产投资者来说无疑是一个好消息。我个人认为，只有在某届大选时工党有压倒性的优势，或者两党都提出废除该政策的情况下，才有可能取消这些投资优惠。

三、房贷

过去，在各银行不充分共享个人已有房贷信息的情况下，投资者可以很容易找不同银行进行贷款，在房价持续上涨的大背景下，不停地转贷出更多的增值部分去投资新的房产，而且还可以隔几年重新申请一下只还利息，都不用偿还本金，享受与本息同还一样的利率。就这样，投资房的数量可以像滚雪球一样越来越多，从1990年代起步投资房产的人，有人手中的投资房多达十几套，还有更多的。

近几年，由于监管政策的变化和金融机构加强信息共享，引入DTI（债务收入比）的限制，以及银行对贷款人各项生活费用支出的挖掘，像过去那样靠从多家银行贷款投资十几套房产的情况已经一去不复返了，因为投资人无法再突破贷款能力的限制。在还款方式上，投资人也不像以前一样只还利息，而且现在只还息利率比本息同还高了很多，本息同还会增加每年资金的投入，从而影响投资现金流。

目前有些银行控制DTI在6以下，所以每个人都可以简单匡算一下自己大致的贷款能力。把自己总的年收入乘以6，就可以知道自己大致能贷到多少款，买到什么样的房子。比如每年薪酬收入 10 万澳元，加上每年的房租收入（有些银行是按 80% 计算的），全年总收入是 15 万澳元，那么个人贷款能力就大致在 90 万澳元。

四、公寓（Apartment）与住宅房（House）

翻看 5 年以前房屋的租金回报，公寓大约在 4%—5%，住宅房大约在 3%，而现在公寓租金回报一般在 3%，住宅房只有 2% 左右或者更低。是不是说现在投资房产就不如以前划算了呢？仔细算起来不是，尽管租金也有一些下降，但由于贷款利率下降减少了贷款利息的支出，就抵消了这种租金回报比下降的影响。

就投资公寓而言，给大家介绍一下大致的情况。在贷款 80%、本息同还的情况下，一般来说租金收入是可以覆盖掉贷款利息支出、市政费、水费、中介管理费等所有的息费支出，再加上折旧产生的负扣税作用，基本上每年可以实现一定的正收益。但是这个正收益一般不能覆盖每年贷款还本的部分。

对于买公寓来讲，年轻人基本上是不会在第一套房子里住一辈子的，未来大家一定能买上更好的房子，因此买房的投资属性大于自住属性，房子有没有投资价值是至关重要的。你可以选择在喜欢的区租想住的房子。这样做的本质逻辑是更好地利用贷款利息、折旧，以及各种费用的抵扣，加快资金积累，为后续的投资做准备。大家可以简单算一下同样的公寓买和租住的区别，当然这只是经济上的考量，我这么说只是多给大家提供一个选项而已。等到要买或换第二套公寓的时候，就应该兼顾自住属性。

住宅房占有较大面积的土地，这些年由于土地快速增值，住宅房价格增长很快，过去 20 年做到数倍增长的比比皆是，多数过去买入住宅房的人都是大赢家。经过本轮上涨后，我们在近郊能看得上眼的住宅房都很贵，可能已经超出了大部分人的资金实力和贷款能力。能有实力买入住宅房固然好，但买住宅房投入资金较多，若以投资房形式买入，每年还需要缴纳一定的土地税，而且折旧少（住宅房价值较大的部分是土地，而土地是没有折旧的）、租金回报低，持有住宅房用于投资投入会比公寓大很多，出售时增值部分也需要缴纳较高的资本增值税。正是因为这样，如果有能力买住宅房自住，等待地价升值是一个相当不错的选择。

五、对投资房产的几个看法

1. 投资房产可保持个人财富与社会财富同步增长

无论在哪个国家，房产都是社会财富的主要载体之一。适度用自己的贷款能力进行房产投资，可以使自己的财富增长跟上或跑赢社会财富增长的速度，不被落下。既然是投资，就有可能会遇到增长不及预期的情况，甚至出现一些亏损。从某种意义上说，进行房产投资也是买了一种保险，这种保险的作用是让你的财富不与社会财富脱节。房产投资是一个长期的过程，不是短期的行为，当然2021年也有人快进快出成功赚到几十万澳元，在一买一卖过程中税费支出不少。

2. 房产投资也是一种储蓄形式

现在一般的房产投资基本可以做到正收益，那么每年偿还贷款本金，就帮自己完成了储蓄，为自己积累了财富，甚至不需要再做另外的储蓄计划。在澳洲，房产只要能增值，你不需要出售房产，通过银行转贷，在个人收入支持的贷款能力内，就可以把房产增值的部分以及偿还进去的本金都贷出来，用于其他投资。

3. 投资房产要考虑税务因素

大家都知道澳洲的个人收入所得税税率很高。在已有个人收入的基础上，如果加上当年出售房产增值部分，缴纳的税率可能会达到45%，连同Medicare Levy（医疗保险税）就是47%。持有房产过程中的负扣税、出售房产时的资本增值税都是面临的税务问题。什么时候卖，选择投资还是自住，如何合理合法避税，这些都应该是在做投资之前要考虑的，有可能把税务因素放进去后，你的投资操作就不一样了。

澳洲社会运作比较规范，久居澳洲的人一般都避不开三种关系：医生，是关系健康的；银行，是关系贷款的；会计师，是关系税务的。如何合理利用好税务政策，建议可以找专业会计师咨询一下。

4. 房产投资要做全局的考量

买房的成本有三个，投入成本、持有成本、交易成本，这些都是要在投资决策之前考量清楚的。当我们在做投资规划的时候，不仅要看房子增值多少，还要看前期投入是多少，以及在持有的过程中持有成本是多少，比如我们是否再投入一定的装修改造资金。出售时的税收也是我们要考虑的因素，我们要不要分散投资进行避税。投资房产不能光看实现增值的绝对额，还要看实现的投入回报比。

房产也有几种类型，可能是增值型的，可能是有好的现金流型的，也可能是负扣税优惠型的。比如说住宅房就是属于资本增值型的，但是投入和持有成本很高；成熟社区的公寓一般租金收入会高，现金流会好一些，这样的投资房容易持有，但一般增值又相对缓慢；对于一些高收入人士来说，买高折旧的新房做税务抵扣也是较好的选择。没有十全十美的房子，每个人情况和需求不尽相同，买房之前应做适度规划，明确自己的房产投资逻辑。

投资房产虽然持有的是资产，但对我们影响最大的还是因此形成的负债。房产投资一般来说应是一个长期的投资，我个人还是倾向于在有能力的情况下参与进去。至关重要的是，一定要控制好现金流，控制好现金流是我们投资或购买房产的底线。

关于这一点，我想给大家讲一件过去发生的事。大家可能听说过2000年初香港曾出现过20多万个负资产家庭吧。当时香港房价大幅下跌，短短几年内下跌幅度有些接近50%，而持有这些房产的业主未偿还的贷款余额已经超过了房价，即使卖了房产也不足以偿还贷款，处在一个负资产的状态。但是，为什么这些家庭当时没有选择破产呢？关键还是当时的工作及收入并没有受到影响，每月还款和日常生活水平还能保持正常状态。后来几百万港币的房子都涨到了两三千万港币。可见工作和现金流是我们维持生活水准、实现财富增长的重要保证。

对房产投资的看法很多，有些方面也存在分歧，前面跟大家聊的一些观点未必正确，也并不适用所有情况，今天的分享就是抛砖引玉，希望以后能和大家多多交流。普通人积累财富就六个字：先工作再投资。当前疫情环境下，思考这六个字就更有意义了。

北交所的前世今生

郑梦桥

提到北交所，就有一个绕不开的名词：新三板。相信大家对新三板这个词的熟悉程度不及港交所、深交所、沪交所。一板就是我们的主板，以及已经被主板合并的中小板，二板是创业板和科创板，而新三板，也就是此前的全国股份转让系统。在北交所设立之前，上交所设有主板和科创板，深交所设有主板、中小板和创业板，而全国股转系统包括新三板基础层、新三板创新层和新三板精选层，这也是新三板这一名字的由来。

根据国家规划，北交所就是以现有的新三板精选层为基础组建的，未来北交所是否也会设有主板，目前不得而知，但是我个人认为这一可能性还是非常大的。从近 20 年中国资本市场的改革变化可以看出，中国正在打造一个“多层次资本市场”。与一些西方国家或发达国家相比，中国的资本市场有很大的不同。中国的资本市场在设立之初先有主板，然后有中小板，再之后有创业板和科创板，而挂牌上市的企业数量也呈倒三角形，也就是说，主板上市的企业数量远大于中小板、创业板和科创板上市的企业。美国的资本市场则完全相反，底层有数量庞大的粉单市场和灰色市场，这可以为上层的纳斯达克和纽交所服务。

中国全国股份转让系统建立的初衷就是为了扭转上述“头重脚轻”的局面，为中国资本的发展搭建更加稳健的结构。北交所的建立也是国家政策针对资本市场若干次调整后的产物。在 2018 年 11 月 5 日第五届中国国际进口博览会上，习近平总书记首先提出设立科创板，并试点注册制。2019 年 7 月 22 日，第一批符合要求的企业正式登陆上交所科创板，随后证监会主席在全力推进深圳资本市场改革发展中再次提到，继续深化推动创业板的注册制。同年，中国证监会启动了全面深化新三板改革，到 2021 年 9 月 2 日，新三板精选层平移到北交所，这是北交所做出的一系列政策铺垫。

设立北交所对我们普通人有哪些影响呢？这就要从北京这个城市的定位说起，“十四五”规划中，北京的目标是成为中国的政治中心、文化中心、国际交往中心和科技创新中心。大家可能会注意到，中间并没有金融中心这个目标，那为什么还要建立北京证券交易所呢？答案很直接，为了促进科技创新。这里要讲到一个可能颠覆大家认知的事实，中国科技创新的主力军其实是中小企业。“十五”期间，65% 的发明专利和 80% 以上的新产品开发都是由中小企业完成的。这种情况在其他发达国家也是一样，所以服务、扶持好创新型中小企业对国家而言特别重要。

但是，中小企业面临的困难也是非常清晰的，总结下来就是缺钱、缺人、缺技术。所以，国家每年都会发文鼓励校企合作，鼓励科研人才自主创业，其中一个很重要的动作就是发展高等职业教育。在最近出台的教育“双减”政策中，一个很重要的布局就是把考大学的独木桥转变成分岔道，高等职业教育会和大学教育平行并立，不管孩子走哪条路，都能够成才致富。通过教育改革给“人”，通过校企合作给“技术”，再通过股市改革帮助中小企业找到“钱”，这是我对目前国家出台的一系列政策总结的一套逻辑。

2004 年，深交所主板单独划分出一块中小板，能够稳定盈利，近三年净利润为正且累计超过 3000 万元的中小企业可以上市融资。后来，国家进一步放低要求，所以创业板来了，近两年净利润为正且累计超过 1000 万元的中小企业就可以上市融资。很多创新型中小企业短期不赚钱，研发投入大，但它的技术又很重要，怎么办呢？于是有了后面的科创板和新三板。没盈利没关系，各项指标符合就可以注册。做到这一步，国家认为还不够，所以成立了北交所，它的基础就是现有新三板精选层，相较科创板和创业板，精选层的中小企业规模更小，资金更少。以上介绍的这个进程也说明随着金融市场逐渐成熟，国家把控力的逐渐增强，国家能够帮助的创新型中小企业的规模也变得越来越小。

不过，科研潜力巨大的中小企业才是国家的希望。根据 2019 年 12 月 28 日中国重新修订的证券法，股市功能发生转变，它既不保护投资人，也不保护融资人，它最大的目标和作用就是驱动产业创新，也就是科技创新。

所以，如果我们单独看，北交所的成立只是一条普通的财经新闻；但是如果把它放到百年未有之大变局下，把它和教育改革、金融改革、科技创新联系在一起，你就会发现这将是一个影响深远且让每一个中国人热血沸腾的改革措施。在我看来，北交所会促进形成一条全新成才致富之路。“80 后”“90 后”小时候被问到梦想是什么，好多人都会说长大后想当科学家，但当这批人真的长大了，互联网红利就在眼前，考上大学然后进入互联网大厂，拿高薪，拿期权，财富自由的现实让儿时的梦想被抛至脑后。这不怪大家，互联网也需要发展，毕竟只有极少数人能做到“苟利国家生死以，岂因祸福避趋之”。但是，今天的教育“双减”政策、扶持高等教育、全民创新、金融改革等等，都会在各个环节改变利益机制，改变游戏规则，当这个国家的财富和科研达成一致的时候，当科学家成为这个国家最有钱的一批人的时候，我们才能说：中华民族的伟大复兴马上就要实现了。

浅谈绿色金融

陈 磊

在全球努力实现净零排放以及中国迈向“3060”双碳目标的大背景下，绿色金融及可持续金融都是目前热门的话题，也是和整个金融产业息息相关的话题。

从大的背景来看，绿色金融是一个先有实践、再发展出理论体系的领域。20 世纪 70 年代，绿色金融便已在国际市场有初期实践，西方国家为了规避环境污染和社会问题所引发的金融风险，开始推动绿色金融，其本质是通过金融市场的作用，引导金融资源向环境保护及可持续发展相关领域集聚。此后，联合国、世界银行、各国政府、相关国际组织和金融机构，陆续成为推动绿色金融在全球范围内规模化发展的主要力量。

绿色金融、可持续发展金融、绿色贷款、可持续发展关联贷款这些常见的与 ESG（环境、社会和公司治理）金融实践相关的概念，我想大家和我一样，也都经常听到看到。这些概念既相似又相关，我想先谈一下它们的适用范围和彼此之间的关系。

绿色金融主要包括与减缓气候变化、污染防控、自然资源保护、生物多样性保护、其他环境目标等与 ESG 当中环境相关的金融概念。而可持续金融的范围要更广，除了环境的因素，更广泛地包括了社会和公司治理相关的内容，考虑到被融资机构长期经济发展的可持续性，以及整个金融体系的作用及运行稳定性等更广泛的内容。在疫情之后，全社会对于社会和公司治理的关注就更多了。简言之，金融产业可以通过绿色金融及可持续金融的力量，通过每一个具体的可持续发展金融产品，推动世界和社会更好地实现可持续发展。说到这里，可能大家对这两个概念的理解还不够具体，我接下来结合我们行日常会办理的一些具体业务和接触到的金融产品，来进行描述。

第一个金融产品，我想谈一下绿色贷款。绿色贷款是指专门为合格的绿色项目提供融资的各类型贷款工具。企业从银行筹组绿色贷款，用途只能是绿色项目的融资或再融资，即这笔贷款的基础资产必须是绿色项目。那什么样的项目才是绿色项目呢？贷款市场协会、亚太贷款市场协会、银团与交易协会，也就是欧洲、亚太及美洲的三大贷款协会，联合发布了《绿色贷款原则》及《绿色贷款原则指南》，明确了绿色贷款的相关标准及规则。业内机构均遵照这套原则及指南，办理绿色贷款业务。目前被广泛认可的绿色贷款投放领域包括可再生能源，也就是风力发电、太阳能发电、水力发电等清洁能源，还包括了低耗能的低碳建筑、低碳交通、可持续水资源管理、可持续垃圾处理等。简言之，绿色贷款是一种以资金用途为主要标识的融资产品。在具体实践中，绿色贷款可以是一家大型企业在一般公司银团贷款中，设置一个绿色贷款的子额度，用于该企业运营中的绿色项目；也可以是一笔融资全部以绿色贷款的形式筹组，专项用于一座新能源电站的开发，或一栋低碳节能建筑的建设。

这里提到一个派生的概念，就是“贴标”（labelling）：请外部专业机构对这笔贷款或基础资产进行独立认证，出具独立于借款人和银行的书面认证意见，确认这笔绿色贷款满足相关原则及要求。广义的绿色贷款又可以进一步分为非贴标的绿色贷款及贴标的绿色贷款。其中，非贴标的绿色贷款是指，这笔贷款的基础资产是符合要求的绿色项目，比如一座风力电站，但贷款以普通的项目融资方式筹组，而没有额外取得专业机构的独立认证，市场上绝大多数的单体新能源项目都是以这种非贴标的形式进行融资安排。而对比来看，贴标的绿色贷款，是指这笔贷款满足其基础资产是绿色项目这个最基本要求之外，还取得了外部专业机构的独立认证，且在贷款协议中设置相应的条款，明确借款人在贷款投放后的披露义务，需在贷款存续期内出示报告，确认资金已按要求投放至绿色项目或资产，并披露融资对环境的影响。这些外部机构主要包括安永、德勤在内的四大会计师事务所，晨星集团旗下的 Sustainalytics、DNV GL，还有标准普尔等顾问公司。

根据《彭博商业周刊》发布的公开信息，2020 年贴标的绿色贷款在全球范围内的发行规模，超过了 800 亿美元。澳大利亚第一笔贴标的绿色贷款，是麦格理集团作为借款人在 2018 年 6 月筹组，在银团中设置了一个金额为 5 亿英镑的绿色贷款子额度，贷款用途指定用于可再生能源、垃圾处理、绿色建筑和低碳交通项目，根据贴标原则，该笔贷款也取得了第三方机构的独立认证。随后，贴标的绿色贷款项目在澳洲市场也迅速发展，Frasers、Brookfield 等地产项目的知名投资及开发机构，也分别对其持有的低碳绿色建筑项目，筹组了贴标的绿色贷款。

额外的第三方机构独立认证，会让融资筹组多出一个认证的环节，也会给借款人带来额外的财务成本。那么，相较于非贴标的形式，做一笔贴标的绿色贷款有哪些好处呢？主要是在《绿色贷款原则》的框架指引下，随着绿色贷款判别标准和实践的逐渐规范，通过筹组贴标的绿色贷款，借款人可以有效扩大融资渠道，提升外部声誉和知名度，增强绿色实践的可见性，并建立行业竞争优势。

绿色贷款，不论是否贴标，都可以非常明确地让银行提供的资金定向投放到绿色项目上。很多金融机构自身发行绿色债券进行融资，所基于并对应的基础资产包，也都是这些绿色的信贷资产。可见绿色贷款这个产品，对借款人和参贷行来讲，都具有很多优点，但使用范围却相对有限，即企业必须有合格的绿色项目才行。难道那些没有明确绿色项目的企业，就没有渠道参与绿色金融和可持续金融的大潮了吗？当然不是，金融产业最不缺的就是产品的持续创新。

这就引出了我今天想浅谈的第二个金融产品，可持续发展关联贷款，英文叫 Sustainability-Linked Loan。这个贷款类型，适用性要比绿色贷款广泛得多，可以适用于各个行业，让那些暂时没有符合要求的绿色项目的企业，也能进行ESG融资实践，这种类型已经成为可持续发展金融的一个最为重要的组成部分。如果说绿色贷款是以融资用途为基准的，可持续发展关联贷款则主要看这家企业在可持续发展领域的绩效表现，可以说是一种基于行为的融资安排。这种融资产品，并没有特定的资金用途限制，只要与这家企业的可持续发展相关即可，通常是一般公司用途或再融资。像绿色贷款一样，可持续发展关联贷款也有自己的使用原则和指引，三大贷款协会联合出具了《可持续发展关联贷款原则》，为市场提供了统一的框架和操作指引。大家都知道，除年报之外，很多大型企业每年都会编制并发布可持续发展报告，会说明这家企业的ESG政策、框架及发展策略等。这些企业都具有较高的ESG标准，希望在企业运营的各个方面，都具有较好的可持续发展表现，融资安排当然也是非常重要的一个方面。基于这个角度，可持续发展关联贷款是一个非常理想的产品。结合自身的ESG政策，企业会编制可持续发展的融资框架，明确可持续发展领域的几个绩效指标，比如一家企业希望在ESG中与环境相关的领域，降低企业运营过程中的温室气体排放，希望可以提高能源使用效率，并希望在社会和公司治理的领域，提高董事会及高级管理层席位中女性员工或少数族裔员工的占比。总之，只要与ESG任何一个领域相关，与可持续发展相关，与这家企业的整体企业社会责任有较直接关系的指标，均可成为这家企业以可持续发展关联贷款形式融资时，所设定的可持续发展指标。

可持续发展关联贷款没有资金用途的限制，除了也要像贴标的绿色贷款一样，需要取得独立于借款人和银行的第三方所出具的书面认证意见之外，最大的特点就是：除了设定一般贷款项下的利息覆盖率、杠杆比率等常规的财务约束条件以外，通常会将刚才提到的那些被公司明确的可持续发展指标设定在贷款协议中，用于评估借款人的可持续发展指标绩效表现，在贷款存续期对指标进行跟踪，并将指标完成情况与贷款利率进行挂钩。如设定的指标得到了较好的实现，银行会将贷款利差下调一定点数，对企业进行奖励；如企业未能达到贷款协议中设定的那些指标，银行会将之前设定的贷款利差上调，对其进行惩罚。银行主要是用这种金融产品，约束并激励企业更好地提高自身运营的 ESG 表现。

根据相关机构统计，在 2017 年 4 月至 2021 年 4 月短短四年时间里，全球共筹组了总金额达 3326 亿美元的可持续发展关联贷款，其中 2018 年全年只有 490 亿美元，而 2019 年就迅速达到了 1400 亿美元，之后一直保持快速发展的态势。虽然这个业务领域还是由欧洲市场主导和领先，但澳洲市场也已经开始进入快速发展阶段。澳大利亚市场的第一笔可持续发展关联贷款，是阿德莱德机场于 2018 年筹组的，随后悉尼机场、昆士兰机场集团、AGL 电力公司、Coles（科尔斯迈尔公司）、Airtrunk 等越来越多的澳洲大型企业，均纷纷筹组可持续发展关联贷款。越来越多的大型企业都将筹组具有 ESG 元素的融资，视为承担企业社会责任、提升市场影响力的重要手段。

除了绿色贷款和可持续发展关联贷款两种最为常见的广义绿色金融产品之外，在债券领域，市场上有绿色债券、可持续发展关联债券、致力于海洋保护的蓝色债券（Blue Bond）、为对抗疫情提供资金支持的抗疫债券（Pandemic Bond）、支持高排放企业业务绿色转型的转型过渡债券（Transition Bond）等多类型的债券产品；在存款领域，西太平洋银行在 2018 年推出了全球首支获得独立认证的绿色存款产品，募集到的存款资金用于包括绿色建筑、可再生能源、污染防治产业在内的绿色项目；在衍生品领域，荷兰 ING 银行在 2019 年完成了全球首笔与 ESG 关联的金融衍生品，近期澳大利亚国民银行（NAB）及澳新银行（ANZ）也陆续推出了与 ESG 挂钩的衍生产品，若客户达到了预先设定的可持续发展关联指标，银行将对其所做掉期的信用利差进行一定点数的减免。

提到 NAB 和 ANZ，我也简单谈一下几家主要本地银行同业的绿色金融业务发展策略。我翻阅了本地四大行的年报和可持续发展报告，经过初步梳理，发现这几大行都有几项相似的策略，首先在组织构架层面，全部在总行设置了专业的可持续金融团队，主要负责统筹集团的绿色金融及可持续金融业务发展；其次都认同气候相关风险是一个主要的金融风险，也分别基于其 ESG 业务政策，制定了在 2025 年或 2030 年之前，支持绿色及可持续发展项目的融资规模量化目标；再次四大行的 ESG 业务承诺都是以数百亿澳元计量，而且也都承诺了未来几年内银行运营的电力全部来自可再生能源。

相信在未来一段时间，绿色金融和可持续金融都会是全球范围内最热门的金融产业主题之一。

科学健体，强化身心

曹琛

今天，我从健身的角度，围绕锻炼、饮食、睡眠三个方面（尤其是锻炼和吃），跟大家分享一下如何更有效地增强身体素质。

首先是锻炼。如果我们去健身房，经常看到健身房明显分为有氧区和无氧区。有氧区的人挥汗如雨、拼命跑步，这些人要么是身体过于单薄的“小瘦”，要么是想减脂的“小胖”。无氧区“大块头”拼命撸铁，肌肉大到接近爆炸，肌肉耐力却极差，肌肉太多，基础代谢加快，爆发力十足，同时消耗更多的糖原并需要更多的氧气参与糖原分解。简单来说就是，肌肉太多浪费粮食，因为总会饿。我通过长时间观察发现，有氧区的人很少参与无氧训练，撸铁的人也看不上有氧的跑步。事实上，有氧与无氧运动应该更有效地结合，实现较低体脂，肌体协调，做到肌肉耐力、爆发力与肌体协同性的均衡。

锻炼的核心思想是无氧运动跟有氧运动的结合，快肌和慢肌比例协调。有氧运动就是氧气和葡萄糖结合生成水和二氧化碳的过程，无氧运动就是葡萄糖在没有氧气的情况下分解变成了乳酸的过程。什么是快肌和慢肌？记得初中生物课本里面会有肌肉解剖图，我们会发现肌肉是由诸多白色和红色的肌纤维构成，红色的是慢肌，白色的是快肌。它们的区别在哪里呢？白肌也就是快肌，肌纤维不含线粒体，是进行无氧呼吸的，因为快肌纤维运动速度太快，又没有线粒体参与有机物氧化分解，所以没办法用氧气提供能量。红肌也就是慢肌，肌纤维含有线粒体，是进行有氧呼吸的，慢肌纤维在力量与爆发力方面逊于快肌纤维，但其拥有很好的耐力，由于含有大量携带氧气的肌红蛋白，所以呈现红色。在健身房经常撸铁的，肌肉硕大的，是因为长期无氧运动导致白肌增长，而红色肌肉是很难增长的，所以长跑运动员很少有“大块头”。

有氧运动可以提升氧气的摄入量，不仅能够消耗体内多余的脂肪，还能增强和改善我们的心肺功能，调节心理和精神状态，增强代谢速度。无氧运动可以促进肌肉生长循环，提高基础代谢率。在有氧运动与无氧运动的共同作用下，整体代谢水平才会提高，才能筑造出强大的免疫系统。

如何锻炼？根据自身条件，规划出适合自己的锻炼动作组合，有氧运动我不多说，就是跑步、游泳之类的。无氧运动要以核心锻炼为主，核心肌群是位于人体躯干中央、负责保护脊椎的肌肉群（包括腰、臀、腹、大腿部分的肌肉），是身体力量爆发与传递的中心。一个核心力量强大的人，四肢力量都不会弱，因为锻炼核心一定会用到四肢。由于受到疫情的影响，大家都是居家办公，也不想出门锻炼增加风险，如果想用最短的时间高效率地结合有氧运动和无氧运动，现在国际公认的最科学有效的两种高强度间歇训练方式为Tabata和Hiit，Tabata强度高，休息时间很短，不适合新手。而Hiit训练不是完全的最大强度，间歇时间很灵活，比较适合新手。无论是Tabata还是Hiit都属于动作组合间歇性锻炼方式，其中包含的动作有很多，可以自由拆解，我们可以根据自身情况，找到最适合自己的动作进行重新组合，可以从短视频网站或者健身网站上，选择4—5个比较容易完成的动作，一般一个动作15秒，动作与动作之间休息尽量不要超过一分钟，一组动作循环4次，一周坚持三四天。当你觉得自己能轻松完成组合里的每一个动作时，我们再选择难度系数更高的动作加以替换。不是所有的动作都适合所有人，锻炼一定是一个持续的过程，需要坚持下去，而不是做完之后觉得很累，没办法坚持下去。所以强度大小一定要适合自己，循序渐进。这里有个知识点，强度过高是无氧运动，强度高低取决于心率，有氧心率一般维持在最大心率的60%—70%，而最大心率的计算公式是208-0.7×年龄。如果高于这个心率，运动便是无氧。比如，18岁的我最大心率就是208-0.7×18约等于195，那么有氧心率就是在137—159之间。

讲完锻炼再来看看怎么吃，我们还是从原理入手，先来了解一下人体所需要的三大营养素：碳水化合物、蛋白质、脂肪。糖分是转化成能量速度最快的营养素，是身体第一能量来源。我们正常的饮食结构中，应该有55% 的能量是由糖分供给的。如果糖分提供能量低于 55%，我们就会缺乏糖分，影响身体健康。但如果糖分提供能量超过 55%，糖分就会转化成脂肪储存起来。当长时间缺乏糖分时，脂肪是生存的最后一道保障，脂肪是一种储备能源，如果糖分提供能量不超过 55%，身上的脂肪得不到补充，脂肪就会因为正常生理活动而逐渐消耗。脂肪提供能量速度很慢，于是身体设计了一个保险机制，就是分解蛋白质提供能量。如果饿了不及时吃东西，过一阵子饥饿感就消失了。这种所谓饿过劲儿的感觉，就是当糖分快消耗完却没有及时得到补充时，身体等不及脂肪慢慢地转化成能量，便直接从蛋白质这个应急周转账户里提取能量，人体的免疫细胞都是由蛋白质组成的，因此蛋白质不可或缺。

该如何吃呢？吃的核心是热量控制，尤其控制糖分摄入。这要从我们自身的基础代谢讲起，基础代谢就是没有任何运动，每天躺平所需要的热量。这里给大家推荐一个简单的基础代谢公式，体重 ×10+ 身高 ×6.25- 年龄 ×5+5（男性）/ 体重 ×10+ 身高 ×6.25- 年龄 ×5-161（女性）=XX 大卡（1 大卡 =4.18 千焦）。一个 60 公斤 170 厘米的 30 岁男生，其基础代谢为 60×10+170×6.25-30×5+5=1517.5 大卡。当然我们不可能一天到晚只是躺着什么都不做，那么就要在计算的结果基础上乘以运动系数，运动系数或是 1.2（周末待在家里，打扫做饭吃饭），或是 1.375（需要上班或一周习惯性运动两到三次），或是 1.5（一周运动四到五次），知道了自己的代谢结果就可以根据自身需求计算摄入能量的多少。什么食物大概会产生多少热量，可以在网站上直接搜索。我们再来讲一下为什么要控糖，因为糖分具有快速分解供能的特点，所以一旦摄入过多，就会产生脂肪，而脂肪过多，就会导致我们的身体新陈代谢降低，免疫力下降，各种疾病就会接踵而至。产生脂肪的原理可能要讲一下 GI（血糖生成指数），血糖和胰岛素密切相关，GI 值越高，血糖上升越快，胰岛素分泌越多，会导致更多的单糖被转成脂肪囤积在皮下和肝脏。因此，饮食选择碳水的时候最好选择 GI 值比较低的食物，比如粗粮，像燕麦、红薯，但是不推荐澳洲的玉米，因为澳洲的玉米糖分比国内的要高。需要注意的是，有些人想减脂，所以不吃碳水，这是极其不科学的，任何一种营养素对我们的身体都是极其重要的。只要我们一天摄入的能量低于我们的基础代谢，就一定会减脂。我亲身实践过，通过调节三大营养素的摄入比例，三个月的时间体脂降低了 7%，总的来讲，碳水可以少吃，但是不可以不吃，最直观的，不吃碳水会掉头发，会焦虑易怒。

再简单聊一下睡眠。我们大家都知道睡眠对身体的重要性，休息是身体自我修复与加快新陈代谢的过程。健身圈有这样一句话，三分练七分吃十分在休息，无论吃得和练得有多好，休息不好效果都不会很好。一定要保证深度睡眠的时间，因为大多数身体修复与新陈代谢的过程都是在深度睡眠中完成的。

总体来说，健身包括锻炼、吃、睡三个方面，而三个方面都对人体新陈代谢与免疫力的提高起到至关重要的作用。作为一种生活方式，最难的并不是你该如何去吃，如何去锻炼，如何多休息，那些都是方法，难的是能够一直坚持。如果能够坚持下来，这种生活方式就会转变为一种生活态度，你将获得健康的身体，还有一颗充实和自信的心。

澳洲原住民事件簿
——那些值得铭记的日子

张　鹏

澳州每年都会举办两个与原住民相关的为期一周的活动：一个是原住民历史文化周（NAIDOC Week），另一个是全国和解周（National Reconciliation Week）。

历史文化周一般在 7 月的第一个星期天到第二个星期天举行，旨在庆祝原住民及托雷斯海峡岛民的历史、文化和成就。每年 5 月 27 日至 6 月 3 日的全国和解周则是为了治愈过去 250 年来，也就是欧洲殖民者踏上这片大陆以来，原住民群体所遭受的创伤。

原住民受过什么创伤呢？为什么要和解？这要从很久以前说起——

我们都知道，西方人所谓的“发现新大陆”，更准确地说是“入侵新大陆”。西方的“发现史”，对拉美、北美或者澳洲等任何一块新大陆上的原住民来说，都是一部血泪史。

根据最新出土的文物和科技的发展，原住民在澳洲这片大陆上的历史可以追溯到大约 65000 年前。澳洲的近代史大约开始于 1600 年到 1750 年，来自欧洲不同地区的航海家陆续发现了澳洲大陆各个地方，也发生过一些流血冲突。当时澳洲的原住民跟印尼和东南亚一些国家有非常少的贸易往来，主要是换取食物和药物。原住民真正的不幸开始于 1770 年，当时英国航海家詹姆斯·库克抵达澳洲东海岸，就是如今的新南威尔士州悉尼港，宣布英国占有这片土地。

18 年后，也就是 1788 年 1 月，英国航海家亚瑟·菲利普率流放到澳洲的第一批犯人抵达悉尼湾，开始在澳洲建立殖民地。当时全澳估计有 75 万土著生活在澳大利亚。英国殖民当局把悉尼湾附近的土地“分配”给服完刑期的流放犯人，开始了剥夺原住民土地的过程。之后超过百年的时间，与殖民者的冲突造成数以万计的原住民死亡。

1901 年 1 月 1 日，澳大利亚各殖民区改为州，成立澳大利亚联邦，但是原住民却被排除在人口普查范围外，他们被归为“动物群体”。从 1905 年起，澳洲政府开始实施针对原住民的“白澳政策”（The White Australia），原住民的子女出生之后被强行抱走，寄养在白人家庭，并强行灌输英国文化，使之脱离原住民文化。这些人被称作 stolen generation（被偷走的一代）。其间，所有的土著儿童不能回家，慢慢地，他们脱离了自己的社区和文化，也不知道自己的亲生父母是谁。

到 1933 年的时候，澳大利亚原住民仅剩下几万人，已经不足原来的 1/10 了。直到 1967 年，澳大利亚新制定的宪法修正案才宣布废除了宪法第 127 条中“在计算联邦人口时……土著人将不计算在内”的条例，开始授予澳洲土著人以公民权，并在当年把土著人纳入人口普查，赋予他们选举和投票权。也就是说，直到这个时候澳洲土著人才被真正视为人类，大致拥有了同澳洲白人一样的权利，而这个时间距离现在不过才 54 年。

可以说，土著人争取宪法地位的过程是浸泡在无数家庭骨肉分离的泪水之中的。1967 年后，原住民继续为他们的权益抗争，最有名的事件莫过于马博裁决。1982 年 5 月，一位名叫艾迪·马博（Eddie Mabo）的托雷斯群岛岛民带领其他几名同伴与昆士兰州政府对簿公堂，主张他们对托雷斯海峡群岛中的某个岛屿拥有合法所有权。为此，他们进行了长达十几年的抗争。

1992 年 6 月 3 日，澳大利亚高等法院宣判其中一名岛民米瑞姆（Meriam）对名为 Mer 的岛屿拥有传统所有权，并裁定无归属地（Terra nullius）原则不应适用于澳大利亚，然而这一年艾迪·马博已经离开人世。

这项决定被称为“马博裁决（Mabo Decision）”，该项裁决承认了澳大利亚原住民和托雷斯海峡岛民拥有土地的权利，称这些权利在英国殖民者到来之前就已经存在，现在仍然存在，并承认了原住民与澳大利亚这片土地的独特联系。这项裁决还推动澳大利亚议会于 1993 年通过了《原住民土地权法》。该法根据澳大利亚原住民的传统法律和习俗，承认他们在土地和水域中的权益。

所以，现在各个政府部门、银行、学校、医院门口都会有这些字样：We acknowledge the traditional owners of country throughout Australia and recognise the continuing connection to land,water sand culture.We pay our respects to their elders past,present and emerging.

翻译成中文的意思是，我们承认原住民是澳大利亚传统的所有者，承认他们与这片土地、水域还有文化一直以来的紧密联系。我们向他们的过去、现在和将来致敬。

因此，承认原住民对于这片土地的所有权就成了一个社会基本共识。

澳大利亚全国和解周始于 1993 年，但是直到 1998 年 5 月 26 日，澳大利亚政府才确立了“国家道歉日”(National Sorry Day)，同时规定：每年的 5 月 26 日，在澳大利亚，人们可以用各种纪念活动向“被偷走的一代”的孩子和父母道歉。但是官方一直不愿道歉。2000 年，澳大利亚和解组织（Reconciliation Australia）成立，这个组织在全国的原住民和解事务中起领导作用。终于，2008 年，时任澳洲总理陆克文代表政府就原住民所蒙受的苦难做出了正式的道歉。

全国和解周的日期定为 5 月 27 日至 6 月 3 日，是为了纪念两个里程碑式的时间点：1967 年 5 月 27 日承认原住民身份的日子以及 1992 年 6 月 3 日马博裁决承认他们拥有这块土地所有权的日子。

大多数移民对全国和解周可能并不能感同身受。而对于那些经历了这一切的原住民来说，时间或许可以冲淡一些悲伤，然而记忆却不会模糊。

家庭信托和自管养老金
——浅谈澳洲家庭税务架构

李　佳

家庭信托和自管养老金是澳洲比较常见的家庭税务架构，它们被很多中产阶层人士当作家庭投资理财、资产保护和财富传承的工具。今天，我们就来聊一聊它们的原理、优势以及局限性。

首先，我们来看看家庭信托的工作原理：家庭信托是一种关系，建立在受托人和受益人之间，其中受托人可以是个人或者公司，受益人将生意或者资产交由受托人打理，最终产生收益再分配回给各个受益人，每个受益人对各自得到的收益在报税时进行申报，家庭信托本身只起到代理和分配的角色，需要报税但不需要交税。税务由受益人来承担。

相信大家对家庭信托的优势已有所了解。第一是灵活的税务规划和税务优惠：每年的收益可以由受托人进行分配，不受金额或者比例的限制。家庭信托和个人一样享有资产利得税 50% 的抵扣，前提条件是需要持有资产超过一年，其他机构如公司就没有这项税务优惠。第二是对于资产的保护，可以将资产的所有权和收益权相分离。所有权属于受托人，信托中的资产不受个人债务或者破产的影响。第三是简化家庭遗产的规划，家庭信托的控制权交接简单，不会产生资本利得税和印花税等花费。

信托的局限性有以下几点：

1. 由于家庭信托只能分配收入，如果您是用负扣税来投资房地产，即租金收入减去利息、折旧和其他支出后是负值，而您个人又需要用这个负扣税来抵销个人的收入，那么暂时就不要把投资房转到家庭信托里。家庭信托中的亏损只能和信托收入进行抵销。

2. 无法享受首次置业优惠和土地税豁免。

3. 个人名下的投资房产转入信托会产生税金，如印花税和个人的资本利得税。

4. 无法在离婚财产分配中保护资产，如果您不希望信托资金暴露在离婚财产分配中，那么初期设置时需要律师起草特殊文件执行。

5. 未成年子女分配额少，每年只能接纳 416 澳币的利润分配。

6. 海外受益人的限制。

在新南威尔士州，如果信托章程里不将海外受益人排除在外，那么用信托购买住宅房产时除普通税率外还要承担 8% 的外国人附加购买税以及 2% 的附加土地税。

另外，大家还要注意，信托章程和受托公司章程需要及时审阅，并在需要时更新。

近几年，自管养老金（SMSF，Self Managed Super Fund）在澳大利亚增长迅猛。根据澳洲税务局（ATO）的统计，2019 财年自管养老金已经占到澳大利亚所有养老金资产的 26% 左右，排名第一，资产总金额较 5 年前增长 15%，近 5 年会员人数年增长率约为 2.9%。以近几年的数据为例，一对夫妻的养老金总和至少超过 20 万澳元，60% 以上的夫妻养老金总资产在 20 万—100 万澳元之间，建立自管养老金可能更为划算。目前，新会员趋向年轻化，大部分年龄在 35 岁至 54 岁之间。

自管养老金是政府容许个人在一定法案规定的限制下，自行管理养老金的行为。雇主每个季度将养老金打到个人的自管养老金账户，而不是交由第三方独立养老金托管机构来管理投资。

自管养老金在税务和其他方面具有以下优势：

1. 享受诸多税务优惠，例如 15% 的收入税和增值税折扣，持有资产一年以上的资本增值收益享有 1/3 资本利得税减免 (Capital Gain)，即 10% 的税率减免。

2. 对资金的投资有完全的控制权和灵活性，可以投资物业、股票或基金等多元化产品种类。

3. 自管养老金也属于信托结构，因此自管养老金也可以起到资产保护的作用。由于资产产权归属于自管养老金，而不属于任何一位成员，当某一位成员出现债务问题或者破产清算时，债权人无法追索到养老金中的资产，从而起到资产保护的作用。

4. 退休后的投资所得没有任何收入税和增值税。

5.2022 财年同一账户成员人数限制从 4 人提升为 6 人，有利于大家庭的税务规划，降低了个人的单位管理成本。

6. 供款上限提高。2022 财年税前优惠供款（Concessional Contribution Cap）上限提高到 27500 美元，税前优惠供款包括雇主强制性的养老金转入、工资割让转入、用来作为税务抵扣的转入等。这部分供款需缴纳 15% 的收入税。2022 财年税后无优惠供款 (Non-concessional Contribution Cap) 的上限提高到 110000 美元，一般来说是已纳完税的转入，比如将个人的税后储蓄转入养老金。要注意的是，养老金账户余额少于 170 万澳元才可以享受无优惠供款。

尽管有上述好处，但自管养老金不一定适合每个家庭。原因有以下几点：

1. 它起始的建立和维护费用比较高，管理也需要花费一定的时间和精力。

2. 自管养老金中的资金不得随意提取或者直接用于私人支付。

3. 持有的民用住宅只能作为投资房，不能用于自住，也不能出租给关联方使用，涉及的专业费用、利率较高。

4. 如果投资商业地产，且年营业额超过 75000 澳元，必须注册 GST（商品与服务税）。

根据澳洲的税法，会计师需要在每个财政年度记录自管养老金名下所有资产的市场价值，还需要审计师进一步验证有没有违反所得税和养老金法律的各项规定。如果没有遵守相关规定需要缴纳 45% 的收入税。除此之外，也需要定期审阅法定受益人以确保合法性。

随着退休制度成熟，以及退休产品的多样性和复杂性增加，退休人员对可信的信息和公正的金融建议需求也会增加。因为涉及的法律和税务条款太过繁杂，所以并不存在一种适合所有家庭的完美税务架构，合理的税务规划需要专业的会计师和律师对具体情况进行分析和计算。